Remote

Harry Carmichael

Control

論創海外ミステリ

MYSTERY

151

リモート・コントロール

ハリー・カーマイケル

藤盛千夏◎訳

論創社

Remote Control
1970
by Harry Carmichael

目次

主要登場人物

クイン……………………『モーニング・ポスト』紙の編集員
ジョン・パイパー………クインの旧友。保険調査員
ヒュー・メルヴィル……薬局経営者。クインの飲み友達
エレン・メルヴィル……ヒューの妻
アーサー・キング………交通事故の被害者
ジュディス・キング……アーサーの妻
ジーン・ガーランド……メルヴィル夫妻の隣人
バイラム警部……………バッキンガムシャー州犯罪捜査課警部
マカフィー巡査部長……バイラムの補佐
ホイットコム医師………エレン・メルヴィルの主治医
フランク・クロフォード…薬局の管理人
ロバート・ヘーグ………メルヴィル夫妻と同じフラットの住人
ホイル警視………………ロンドン警視庁の警視

リモート・コントロール

死者の声は、我にとって生者の声である

アルフレッド・テニスン卿『コテレの谷』より

第一章

クインは、十時五分前に原稿を提出し、特集記事部門の男からタバコをもらうと、レインコートのポケットを探りながら階段を駆けおりた。一階に着くと、誰かが彼に火を差し出してくれた。

「……外は気をつけた方がいいぞ。あちこち凍って、そこらじゅう道が滑りやすくなってる」

襟巻を二重に首にまき、ポケットにしっかりと手を入れ、道のはずれまで一歩一歩慎重に進んでゆく。フリート・ストリートに出て〈スリー・フェザーズ〉へ向かった。疲れて、喉が渇いていた。長い一日だった――何もかも思い通りにいかないような、そんな一日。

午後十時。バーは混みあっていた。人混みをかき分け、煙の漂う暖かな店へ入っていくと、知り合いが彼の腕をつかみ、声をかけてきた。「ちょうどあんたに会いたいと思ってたんだ。もし、ちょっとだけ時間があったら――」

「あとでな」クインは言った。「今は、酒を飲む貴重な時間だ」

バーの端の奥まった静かな一角に、ヒュー・メルヴィルの姿があった。クインを見つけ、彼が言った。「もう一人、ここに入れるぞ。何を飲む？」

「これはこれは、今日聞いたなかで、もっともありがたい言葉だね」そう言うと、クインは一角に体を押し込み、襟巻をほどいた。「今すぐ、ビター（ホップのきいた生ビール）を一杯流し込んだら、間一髪救われるよ。

間に合うかどうか」

「忙しかったのかい？」

「まあ、イライラするってほどじゃないけれど。報道編集長がいてね、その両親ってのは教会の承認も受けずに結婚し……のろまな店員め、いつまで怠けてるつもりだ？」

ぽっちゃりした女性バーテンダーが、グラスを拭いていた布巾をおろし、カウンターの方へ体を乗りだした。「それ以上余計なこと言ったら、あんたの順番は一番最後にするよ。入ってきた途端、なんでも好きなものが落っこちてくるとでも思ってるの？」

「俺のところには、何も落とさんでくれよ」クインは言った。「こんな寒いなか、盲腸まで凍っちまうよ」

彼女がじっと見つめていると、彼は舌を出し、犬のように喘ぎはじめた。「はい、はい、わかったわよ……今、取っ手のついたグラスがないの。細長いグラスでいいかしら」女性バーテンダーが言った。

「灰皿でもなんでもかまわないよ」クインが答えた。

彼女はビールを持ってきて、再びカウンターへ戻っていった。クインはグラスを掲げ、無言で乾杯した。メルヴィルが口を開いた。「しばらく見なかったな。最後に会ったのは、クリスマスのだいぶ前だ」

彼は背の高いがっしりとした男で、見栄えも良い。目のまわりにはユーモラスな印象の皺が少し刻まれ、口の横にもそれが見られる。豊かなグレーの髪は、こめかみのところが銀色をおび、気品を添えていた。

メルヴィルと知り合って数年が経つ。彼は必ず自分の順番になると酒をおごり、いつも穏やかで楽しげな雰囲気を漂わせていた。自分の問題を外にもらすことはなく、他人におせっかいもやかず、体の調子が悪いとか、くどくど愚痴を言ったりしないタイプの飲み友達だ。

「こんな時間に君と会うなんて珍しいな」クインが言った。「ランチタイム以外、ここで会うことはあまりない」

メルヴィルは肩をすくめて、言った。「今夜は運転手を務めなきゃならないんだ。家内は女同士の集まりがあってね。僕の方は、ある男とブリッジクラブで会う約束をしていて……それで、十時半に家内を迎えに行く約束なんだ」

「そりゃあ、都合のいい話だ」

「いやいや、本当の話だよ。ここには、ちょっと時間をつぶしに寄っただけさ。君の方は今日はもう終わりかい？　それとも、また戻るのかい？」

「いや、終わりだよ」クインは言った。「明日の昼までは、あの単調な仕事場に顔をださなくてもいいってことさ」

彼はグラスを傾け、長い一口を飲み、また置いて言った。「まったくひどいもんさ。酒を飲むのに腕をあげるだけで疲れちまうんだから」

「そんなことはないだろ」メルヴィルが言った。

「さあね。老いがだんだんと忍び寄ってくる――百歳の老人が若い嫁さんに愚痴ってるみたいだな」

クインはパイント・グラスを空にすると、もう二杯ビールを頼んだ。二人は飲みながら取りとめのない話を続けた。まわりでは、騒がしい会話やけたたましい笑い声が響きあっている。

やがて、時計の針が十時半を示した。ヒュー・メルヴィルが言った。「帰る前にもう一杯やらないか、相棒。そうしたら、君を残して俺は行くよ。もし、エレンを待たせたら、一週間は犬小屋での生活だ。君たち独身者は、自分らがどんなに幸運か、わかっちゃいないね」

「幸運には二種類ある」クインが言った。「俺と立場を交換してくれるような既婚者には、今まで一度も出会ったことがない」

そのとき、メルヴィルの瞳が暗く翳ったように見えた。「いいや、俺はそう思わないよ。ひとたび結婚すると、生涯幸せに暮らせるなんて勘違いしちゃいけない」

「そういう夫婦も、おそらくいるだろう」

「まず、いないね。それは誤った認識だ。でも、そう気付いたときは、もう遅過ぎるのさ——だからビール会社はあれだけ儲かるんだ」

クインは言った。「ちょっと考えがひねくれ過ぎじゃないか。君の考えが真実とは思えない。君が結婚したとき、少なくとも喧嘩相手がいたわけだ。俺なんか、いつまでたっても一人きりで、うんざりするよ」

メルヴィルが指を鳴らし、女性バーテンダーの注意を引きつけて、言った。「そういった話には、ごまかされないよ。君はうまくやってるさ……もう一杯同じものを頼むよ、コニー」

メルヴィルは少し赤い顔をしていた。クインが言った。「アルコール探知機にでも引っかかったらどうするつもりだ？　それとも、そんな心配はないのか？」

「心配？」メルヴィルは、適当に小銭を一摑みカウンターに出し、女性バーテンダーに飲み分を取って、残りをチップにするよう言った。

それから、クインをじっと見つめ、こう尋ねた。「どうして心配なんかするんだ？　僕のために警察がわざわざ待ち伏せでもしてるってのかい？」

「いや、ただちょっと思ったんだ。たまたま何かあって車を止められ、例の風船みたいなものを膨ましてみろってことになったら——」

「ああ、そういうことか」メルヴィルは、じっくりひと飲みして、グラスを半分空にしてから首を振った。「心配無用だよ、相棒。二、三杯飲んだ方が、しらふのときより、ずっとまともに運転してるさ。アルコールの作用で反射神経が鈍るなんて話は、戯言《たわごと》だ。酒に慣れていれば、なんてことはない」

「充分わかったよ。俺がつべこべ言うことじゃないよな。ただ、ちょっと思ったんだ。何か問題があって、それを紛らわそうとしてるんじゃないかって。それだけだよ」

メルヴィルの顔つきが少し変わった。「今夜はいつもの君らしくないな。どうしたんだ？　俺が飲み過ぎだとか、ばかげたことを考えてるのか？」

「いや、もちろん違う。忘れてくれ。それから、俺が言うまでもないが、十時半に奥さんを迎えに行くんだろ？」

時計に素早く目を向け、メルヴィルが言った。「これはトラブル発生だな。五分前に出るべきだった。もし、この寒さのなか、待ちぼうけをくっていたら……」

ビールを飲み干し、クインに大きく手を降りながら言った。「また会えて、うれしかったよ。夕方、町に立ち寄った時には、ぜひまた一杯やりたいね。それじゃあ、気を付けて……」

そして、彼はバーの人混みに呑まれていった。ドアまで辿り着いたとき、女性バーテンダーが言った。「困ったわ。お金、多くもらい過ぎちゃったみたい。おつりを忘れていったわ」

メルヴィルの姿は、もう見えなかった。「彼が次に来るまで、取っておいたらいい」クインが言った。

「でも、次っていつかしら。どこにしまっておいたらいいの?」

「それに対する解決策が一つある。でも、俺は育ちがいいんでね」

アーサー・キングはその夜、いつもと同じ時間に犬を連れ、夜の散歩に出かけた。十一時半過ぎ、テリヤの首輪にリードをつけ、門を開けた。

三日月の明かりのもと、道路も生垣も霜で白く覆われていた。前の週末に降った雪がまだ、道路わきに積み上げられたままだった。犬がリードを引っぱり、彼は足早に歩きだした。身を切るような寒さのなか、息が白い湯気をあげた。

道路には、車一台走っていなかったが、近付いてくる車と向き合うように、彼はずっと右端に寄って歩いていた。サウスフィールド雑木林の葉の落ちた木々の向こうに、ビーコンズフィールドへと向かうハイウェイを走る車のライトが見えた。サットンデイルから交差点まで続く一マイルほどの道路上に聞こえるのは、固い地面を踏みしめる自分の足音だけだった。

少し行ったところで、彼はリードを解いた。犬は駆けまわり、やぶの中へ突進していく。犬が落ち着きなくあちらこちら匂いを嗅ぎまわっているとき、村の方からやってくる車の音が背後に聞こえた。

ヘッドライトの二つの光線が霜で輝く枯れた茂みをはっきりと映しだした。五十ヤード先まで、彼の巨大な影が浮かび上がった。キングは道路の端へと身を寄せ、肩ごしに振り向いた。そのときだった。テリヤが道路の反対側のやぶから出て、近付いてくる車の方へ駆けだした。

車のライトは目も眩むほどの光を放っていた。急速に近付いてきて、左右にふらつき、芝生の縁に乗り上げ、それからまた道路へとふらつきながら向きを変えた。もう少しでアーサー・キングの横にせまろうとするその瞬間、再び違う方向へと曲がっていった。

もしも彼が、溝の向こうの雪で覆われた斜面を這い登ることができたなら、命を落とすことはなかっただろう。しかし、その時間はなかった。身をかわそうと、すぐ近くの生垣の枝につかまる前に、車はキングの背中のくぼみを跳ね飛ばした。

ほとんど即死と思われた。最初の一撃が首の骨を砕き、背骨も二か所折られていた。はずみで彼の体は車のボンネットへと飛ばされ、それから脇へと投げだされた。道路に落下すると、車の後輪の一つが彼の胸の上を通り過ぎた。

キングは足をだらりと溝の方に投げ出し、横たわっていた。死が彼に襲いかかった現場から二十ヤード離れたところで、車はスリップしながらようやく横向きに停まった。エンジンはすでに停止していた。夜の厳しい寒さで急速に冷えたラジエーターのきしむ音が、かすかに聞こえるだけだった。

小さな犬がやぶから出てきて、月明かりを浴びて倒れている傷だらけのキングの体のそばへ駆け戻った。犬は近くまで来ると、身を屈めてうずくまり、ゆっくりと這って進み、主人の伸ばしている手に自分の鼻を押しつけた。それから後ろに下がり、頭を上に向け、三日月に向かって悲しげな遠吠えをあげた。

車の中はすっかり動きを止めていた。村の方から来る車の灯りがうっすら道を照らすまで、物音一つ聞こえなかった。灯りが近付いてくる前に、女性が悲痛な泣き声をもらしはじめた。「……ああ、どうしたらいいの……ああ、どうしたら……ああ……」

その灯りはグレーのボクスホールのヘッドライトで、ライトは下を向き、一定のスピードで道路の真ん中を走っていた。そして、アーサー・キングが何もない空を見つめ横たわっているところまで来て、停まった。

ほっそりした体型の男が車から出てきた。彼は道路を横切り、キングの体の傍らに屈むと、その腕に触れた。それから、ボクスホールに戻り、懐中電灯を持って戻ってきた。

キングの瞳をライトで照らしているとき、車のドアが閉まり、道路に足音が響いた。足音の主はそばに立ちつくした。

誰かが尋ねた。「どれくらいひどいのでしょう――彼は?」

ほっそりした男が見上げた。そして言った。「おお、あなたでしたか、ミスター・メルヴィル。これは厄介なことですね。何があったんです?」

「わかりません、ドクター。突然、犬が目の前にあらわれて、それを避けようとハンドルをきったら、次に男が出てきたんです。彼を避けようと全力を尽くしたんですが、間に合いませんでした。ひどい怪我ですか?」

「彼は死んでるよ」

「そんな、まさか! 確かですか? かすめるぐらいの打撃だったはずです、そんなふうにはとても――」

「かすめただけかどうか、わかりませんが、この哀れな男に誰も何もしてやれることはない。警察に連絡した方がいいでしょう。あなた一人ですか?」

「いいえ、車の中に妻がいます。ちょっと彼女の様子を診ていただけますか。ひどいショックを受けていて。いつもと変わらず、町から家に戻るところだったんです。そうしたら、いきなり――」メルヴィルは両手を打ち鳴らした.「なんと言ったらいいのか。完全に頭がぼうっとしてしまって」

細身の男は言った。「私の忠告に耳を貸すのなら、あなたはできるだけしゃべらない方がいい。警察に息の匂いを嗅がせるのを避けられるかもしれない。酒を飲んでいたとわかれば、事態はかなり厄介なことになる」

「でも、私のせいじゃない。どうすることもできなかったんだ――」

メルヴィルは、キングの息絶えた顔を見下ろし、身震いしながら顔をそむけた。怒りを込めた声で彼は言った。「この愚か者は、犬の方を心配していたんだ。自分が車輪の下敷きになるってことよりも。こんなばかげたことって今まで見たこともないよ。こういった奴らは、動物のことをやたらと……」

テリヤは、キングの投げ出された足のすぐそばの溝にうずくまっていた。細身の男が体を屈めて頭に手を触れると、犬は唸り声をあげ、歯をむき出し、もがきながら枯れたやぶの中へ戻っていった。二つの眼だけが光って見えた。

ヒュー・メルヴィルが言った。「どうか、妻の様子を見てくれませんか、何かできることはないか。ひどく動揺していて――」

「この哀れな男の奥さんのことを考えると、その半分にも及ばないと思うよ。しかし、君がそう言うなら、警察に電話をしに行く前にミセス・メルヴィルの様子を見てこよう」

二人はともにメルヴィルの車の方へ歩いていった。彼は助手席のドアを開け、中へ身を乗りだした。

「泣くんじゃない、エレン、落ち着くんだ。ドクター・ホイットコムがここに……」

彼女はハンドルの上に覆いかぶさるように頭をのせ、プルマンシートに半分横たわっていた。体を起こすと、涙に顔を濡らせて震えているのがホイットコムの目に映った。

ホイットコムは車の中に頭を入れ、尋ねた。「怪我はありませんか、ミセス・メルヴィル？」

「え、ええ……大丈夫です。ただ……ちょっと震えが」

「本当に大丈夫ですか？」

「ええ、ありがとう。私のことよりも、どうか、なんとかしてあげてください——あの男性を」

「残念ながら、私にできることは何もありません。彼は死んでいます」

彼女は顔を手で覆い、再び泣きはじめた。涙を流す合間に弱々しく声をあげた。「ああ、なんてこと、いったいどうしてこんなことに？　信じられない。ちょっと前まで道路には誰もいなかったのに、そしたら、目の前に犬が出てきたのよ。轢いていないわよね？　そんなはずは……」

ホイットコム医師は言った。「そう思います。非常に残念です。じっと座って気を静めてください。ご主人がそばについていますから。私は電話を探しに行ってきます」

彼は車のドアを閉め、メルヴィルに言った。「イグニッション・ライトが点いたままだ。消した方がいい……でも、車は動かさないように。何もしてはいけない。警察は現状を詳しく知る必要があるからね。いいですか？」

メルヴィルは言った。「わかりました。どのくらい時間がかかりますか？」

「ほんの数分だ。一番近い電話は——」彼は、投げ飛ばされたままのキングの体を指さした——「彼の家の電話だ。奥さんに告げるのは気が重い仕事だ。しかし、誰かがやらなければならない」

「家の人とは知り合いですか？」

「ああ、そうだ。名前はキング。私の患者だよ。この村の外れに住んでいる。さあ、奥さんのそばについていてあげてください。一人きりにしない方がいい」

彼は車に戻り、狭い道路でボクスホールの向きを変え、走り去った。メルヴィルは、そのテイルランプが道を曲がり、見えなくなってから自分の車に戻った。

エレンは泣き止んでいた。震える声で彼女は訊いた。「彼が犬を追って飛び出してこなかったら、こんなことにはならなかったと、もし信じてもらえなかったらどうなるのかしら？」

「信じてもらえるよ」メルヴィルが言った。「二人が同じ証言を守り通せば、信じるに違いない。他に目撃者はいない。つまり、二人の言い分だけが――わかるだろう、どういう意味か」

彼女は涙を拭い、ハンカチで鼻をかんだ。それから言った。「ヒュー、それでも私、こわいわ。とてもこわいの。おそらく、あの人たちにはわかってしまうわ――」

「そんなはずはない。ただ僕が指示した通りのことだけ話すんだ。全てはうまくいく。これは彼の過失だ。避けようがなかった。それをよく覚えておくんだ。何を質問されようと、話をちょっとでも変えてはいけないよ。頭の中にしっかりと話を準備しておくんだ。聞いてるかい？」

「ええ……もちろんよ。どうか大きな声をださないで。何を話すべきかわかっているわ」

彼女は恐る恐る振り返り、後部窓の向こう側を見つめた。雲の断片が月を覆うように漂い、アーサー・キングが横たわっている場所は、今や部分的に暗闇に包まれていた。

青白い顔がおぼろげに見えるだけで、黒い二つの穴のような瞳が凍りついた空を見上げていた。手にはまだ犬のリードが握られたままだ。

エレン・メルヴィルが言った。「かわいそうに。もし私たちがこの道を一、二分早く通っていたら、こんなことにはならなかったのに……彼はまだ生きていたのに。決して忘れられないわ……決して……決して……」


グレーのボクスホールが戻ってくると、事故現場から百ヤードほど手前で、片側の車輪を芝生の縁にのせて停まった。ヘッドライトが消え、エンジンの音が次第に弱まり、女性が一人出てきた。

彼女はゆっくりとアーサー・キングが倒れている現場へと歩いて行った。彼女から一、二歩下がったところにホイットコム医師がいた。しばらくのあいだ、ミセス・キングは立ったまま、夫を見下ろしていた。それからひざまずき、ネッカチーフを取り出し、亡くなった夫の顔の上に置いた。

長いあいだ、じっと動かずにひざまずいたままの姿勢で、ミセス・キングは自分の体を抱きしめ、頭を垂れていた。やがて、ホイットコム医師が彼女の肩に手を置いた。彼の声はメルヴィルにも聞こえた。「さあ、もう行きましょう。ここにずっといると凍えてしまう……なんのためにもならない。私の車に行って座っていましょう。まもなく警察がここにやって来るでしょうから」

彼女はホイットコム医師を見上げ、はっきりとした落ち着いた声で言った。「寒くはないですわ。ミックはどこかしら？　主人の犬は？」

ホイットコムは言った。「私がここを離れたとき、どこかその辺にいたんだが。おそらく、怯えて隠れているのでしょう。心配はいりません。そのうち出てきます」

彼女は立ち上がって言った。「そんな遠くへは行ったりしないわ。いつもアーサーにくっついていたので、彼を置いていくはずないわ」

それから、彼女は犬の名を呼んだ。「ミック！　どこなの、ミック？　戻ってらっしゃい。さあ、もう大丈夫よ。いらっしゃい」

生垣の下の方で慌ただしく動きまわる気配がして、テリヤはそこをかき分けて道路へ出てきた。勢いよく体を振り、彼女のもとへ駆けてくると、足元にうずくまり、哀れな声をだした。

ミセス・キングは犬を腕に抱き寄せた。「かわいそうな子、かわいそうに――」そこで彼女の声は途切れた。

「かなり凍えているようだ。私の車に入れてあげて……あなたもそこでお待ちください。あなたにできることは何もありません。どうか、私の言うとおりに――」ホイットコム医師が言った。

「いいえ、まだですわ」彼女は振り向き、指さした。「あの車ですか？　アーサーを轢いたのは？」

ミセス・キングの声がはっきり聞こえてきた。メルヴィルは警戒を促すような視線を妻に向け、ささやいた。「もし、彼女がここに来たら、必要以上のことを言ってはいけない。なんの説明もする必要はない。覚えておくんだ」

彼は車から降り立ち、ミセス・キングが歩いてやって来るのを待った。すぐ後ろにはホイットコム医師もいる。車まで辿り着くと、彼女は言った。「主人を殺したのは、あなたね？」

テリヤは歯を剝き出して唸った。ヒュー・メルヴィルが答えた。「そうです……申し訳ない。何を言っても無駄だとわかっていますが、本当に申し訳ない。でも、私の責任ではないと信じていただきたいのです。できる限りのことは全部しました、彼を避けるために。しかし――」

「しかし――それでも彼は死んだわ。主人は死んだのに、あなたは無礼にも私がそんな謝罪に満足するとでも思ってるみたいね」

ミセス・キングはくるりと向きを変え、アーサー・キングが倒れている暗がりへと目を向けた。再びメルヴィルの方へ顔を向け、苦しげな声で尋ねた。「もし、あなたの責任じゃないとおっしゃるなら、どうして主人は道路の反対側で倒れているのかしら？　あなたはそこで、何をしていたの？　道路の幅があなたにとって充分じゃなかったってこと？」

「奥さんのおっしゃることは公平じゃない」メルヴィルは言った。「犬はなんの前触れもなく飛びだしてきたんだ。避けようとしたとき、あなたのご主人が不意に私の前にあらわれた。一瞬の間も与えてもらえなかった」

「それは、あなたの言い分でしょう」

「それが、まさしく現実に起きたことだ。誓うよ。妻に訊いてください。彼女もそれが真実だと答えるはずです」

「もちろん、そうでしょうね！　予想できますわ。彼女があなたを嘘つきにするはずはないですから」

ホイットコム医師が言った。「どうか……こうしていてもなんの解決にもなりません。あなたはただ気が動転なさってるだけです、ミセス・キング。実際に何が起きたか、とうていあなたには知ることはできない」

「どうしてできないんですの？　盲目でもない限り、全ては明らかです。アーサーの責任ではないはずです。誰であろうと、この男性のように車を走らせていたら、犯罪者としか言いようがありませんわ」

「あとで後悔するようなことは、言わない方がいいでしょう」ホイットコムは言った。「事実をはっきりさせるのは警察におまかせしましょう。彼らはきっと——」

「すでにわかっていることがあるわ。そのことを証明するのに警察はいらない。真相は——」ミセス・キングは一歩前へ進み、メルヴィルの顔をじっと見つめた——「あなたがお酒を飲んでいるということ。あなたのそばに来る前から、もう臭っていたわ。私が関心を抱いているのは、その事実だけよ」

メルヴィルは言った。「私が酔っぱらっていると言いたいのなら、言葉に気をつけた方がいい。私は謝罪した。これ以上ないほどすまないと思っている。しかし、責められるべきは、君のご主人だよ。彼が犬を追ってさえこなければ、被害を受けることはなかった」

「それは、あなたの言い分よ」ミセス・キングが言い返した。「その話にどれだけ信憑性があるか、アルコール検査でわかるでしょう」

顔に軽蔑の色を浮かべ、彼女はさらにじっくりとメルヴィルを見つめた。それから後ろを向き、グレーのボクスホールへと戻っていった。彼女が夫の体の横を通り過ぎるとき、テリヤがまたクンクン鼻を鳴らしはじめた。

ヒュー・メルヴィルは、ミセス・キングが車に乗り込むのを見守った。それから、ホイットコム医師に尋ねた。「私は、かなり飲んでいるように見えますか？　正直に言ってください、ドクター。どうですか？」

ホイットコムが言った。「ここに着いたとき、私がどう思ったか話したはずです。もし、許容量以上に飲んでいたなら、面倒なことに……この事件が正当であろうが不当であろうが関係なく……」

「それでは、何とかしてもらえませんか?」

「何を?」

「余分なアルコールを体から抜くために。そんなには飲んでいないはずですが、警察がどんなものかご存じでしょう。ですから一応……なんとかできますか?」

「そんな方法はないよ」ホイットコム医師は答えた。「あったとしても、君にそんな手助けはしてやれない。血液検査を要請されないよう、せいぜい祈るしかないでしょう」

メルヴィルは手で両目をこすり、声の調子を変えて言った。「あまり希望は持てませんね? 私はばかですよ、ドクター。最大級の大ばかです。でも、気付くのがちょっと遅過ぎました」

ホイットコム医師が言った。「君の言うとおり、ちょっと遅かった。やっと警察が来たようだ」

点滅灯を点けた車が角を曲がって、彼らの方へやってきた。その後ろには、表示板の灯った救急車が見えた。

ヒュー・メルヴィルは言った。「まあ、なるようにしかならないさ。あの女性が、警察に話したら、望みはまったくないだろうがね」

第二章

三月十六日。彼は、飲酒または薬物による影響のもと、危険運転致死罪に問われた。証拠として、検察側は法医学研究所による事故一時間後の被告の血液サンプルの報告書を提出した。それによると、一ミリリットルの血液中に百九十ミリグラムのアルコールが含まれていたことになる。

「……おわかりでしょうが、これは法による最大許容量を大幅に超えています。この悲惨な現場写真やタイヤ跡の測定から、被告人が車を運転するのに適切な判断能力を失っていたことは極めて明確です。これで、いや、これだけでも、なんの罪もない歩行者を死に至らしめた原因が何か……」

弁護側は、他の要因も考慮すべきだとして、それを示そうとした。故人の行動そのものが、紛れもなく不運な夜の一因をもたらしたのだと。

「……私の依頼人は、道路の片側から反対側へとジグザグに運転したことは認めておりますが、こうも主張しています——この主張を疑う理由はないはずです——彼はキング氏の犬を避けようと必死になっていました。まさにそのとき、故人が暗がりの中から出てきたのです。ほとんど車との接触が避けられないようなところに」

「月明かりが視覚を惑わす効果があるというのは、皆さんご存知のことでしょう。この事件はまさしくそういうことです。運転の判断能力が欠如していたのではありません……」

陪審員による審議は二十分もかからなかった。彼らは起訴状どおりヒュー・メルヴィルを有罪と評決し、十八か月の禁固刑ならびに十年間の運転免許証剝奪が言いわたされた。彼はまた、百八十ポンドの訴訟費用の支払いを命じられた。

クインは、その裁判を『モーニング・ポスト』紙のために取材したが、事件はたいして重要なものではなかった。飲酒運転の有罪判決なら、せいぜい中面の二、三段落記事に過ぎないが、その日はたいしたネタもなく、他に優先すべきこともなかったのだ。

裁判所の外でタクシーを拾おうとしているミセス・メルヴィルを見かけ、ふと彼女に話しかけたい思いに駆られた。やつれている彼女が哀れに見えた——その孤独な姿は騒音と夕方の交通のせわしなさの中で当惑しているようだった。

こういった状況になった場合、女性はどうするのだろう、とクインは思った。様々な問題に加え、夫が刑務所にいるあいだ生活していくのに金銭的な問題もある。刑務所での行いが良ければ一年以内に減刑されることもあるが、それでも一年というのは長い。

クインは玄関の隠れた場所に立ち、あれこれ雑念を浮かべながら、ミセス・メルヴィルを見つめていた。弁護側が証人として彼女を呼んだのは、どうにも納得がいかなかった。

彼女の態度は良い印象を与えるものではなかった。何が起きたかについて、彼女の記憶には信憑性がないと陪審員の目にも映ったはずだ。

また、あの夜の出来事についての供述は、繰り返し練習されたものだとはっきりわかった。夫が警察医に調べられているときも、彼女がチャルフォント・セント・ピーターの警察署で述べた内容とほとんど変わりなかった。

次々と考えがよぎった。なぜ彼女は証人席にいるあいだ、一度も夫の方へ眼を向けなかったのだろう、とクインは自分に問いかけた。さらにはっきりしているのは、メルヴィルもちらりとすら彼女を見つめることはなかった。

おそらく、そのことには誰も気付かなかっただろう。しかし、クインにとっては、とても重要だった。

『……アルコール量を調べる血液検査は百パーセント正確ではないが、どれくらい酒を飲んだのかは十分確認できる。彼女は、ロンドンを出る前にヒューがかなり飲んでいると気付いていたに違いない。俺と一緒に三パイントだけ飲んだという事実は、なんの意味もなさない。一緒に〈スリー・フェザーズ〉で飲む前から、その夜はもう何杯かやっていたのかもしれない。

あのホイットコム医師も、あまり頼りにはならなかった。彼の立場としては、正直に質問に答え、ありのままの真実を伝えるべきなのに、あんな話しぶりじゃあ、ヒューが道路をあちこちふらついていたみたいに誰もが思うだろう。

横柄で嫌な奴だ。患者の扱いを心得ている理想的な医者とは思えない……』

ミセス・メルヴィルは、通り過ぎようとしているタクシーにようやく手を振った。彼女が乗り込んだとき、クインは彼女の夫が結婚についてふれた言葉を思い出した。

『……まあ、お互い慣れ過ぎると、相手を軽視するということはよくあるが。俺が見る限り、彼女は魅力的な女性のようだ。気立ても良さそうだ……おそらく、こんな状況でなければ。しかし、法が夫の自由を奪い、一、二年収監しようとしているときに、自分を一番美しく見せようなんてするはずもない。

　こういった状況に対して、誰に非があるのだろう？　十八組のうちの六組の夫婦がそうだと言われている。つまらん喧嘩がロマンスの輝きを奪ってしまう——結婚後数年して、少しでもロマンスが残っていたとすればだが……』

　それから数時間、彼はエレン・メルヴィルについて考え続けた。なぜか彼女のことが心から離れなかった。

　彼女がとても哀れに見えた。まったく残念なことだ。夫がアーサー・キングという男を轢き殺した夜から、多くの困難を通り抜けてきたに違いない。

『……車を持っていなくてよかった。あらゆる面で必要以上にトラブルに巻き込まれる。維持費だって大変なものだ。

　もし、妻や子供がいたら、車は何かと便利だと思えるが、俺一人ならバスや地下鉄がどこへでも運んでくれる。長旅には列車があるし……』

　その夜、〈スリー・フェザーズ〉は事件の話題で持ち切りだった。クインがヒュー・メルヴィルの名前を聞き飽きるほどに。彼らの意見は、大抵同じパターンで繰り返されるようだった。

「……運が悪かったね。誰にでも起こり得ることだ。リードを外した犬が道路を走るのは、ひどく危険だ」

「犬でも……あるいは猫でも、動物を避けるために急に曲がって捕まったんじゃたまらないよ。道路では道理が通じないってことさ——特に暗くなってからは」

「メルヴィルが飲んでいたか、いなかったかなんて、違いはないさ。あそこの道幅は広くはない。二台の車がすれ違うのにぎりぎりってところだ」

「その場所を知ってるのかい？」

「ああ、サットンデイルにつながっている田舎道さ。その辺にはビーコンズフィールドからアマーシャムへ向かう道も通ってる」

「サットンデイルって、どんなところだい？」

「チャルフォント・セント・ピーターから二マイルほど行ったちょっとした村だよ。殺された男は北側の新築の家に住んでいたって」

「メルヴィルも、どこかその辺りに住んでいるのかい？」

「ああ、そこから一マイル先のところだ。バックス・コート――モダンなブロックでできたフラットで、ビーコンズフィールドとアマーシャムの交差点の近くだよ」

「それじゃ、もう少しで家に着くってときに、その犬を連れた奴にぶつかったんだな？」

「自分の家から二分も離れていない。まったく驚くしかないな。ささいな偶然がそういった状況を招き、大ごととなって我々にふりかかってくるとは』

「俺はいつも言ってたんだ。ブラックアイスバーン（凍結したアスファルトの路面）ってのは、わかりにくく、車が滑り出したらとんでもないことになるって」

「その通り。でも、今回のケースは、そのこととは関係なさそうだ。メルヴィルもかみさんも、犬が全ての原因だって言ってた」

「彼にとっては、どうしようもないようだね」

「ああ、まったく残念な話だ」

「俺に言わせりゃ、法律が間違ってる」

「そのとおり」

「もちろん、そうさ。犬は外に出しちゃいかん、常にリードをつけていない限り……」

その時点で、クインは自分に言った。

『俺の胸くそとやらをムカムカさせるのは、パブの哲学者じゃなく、パブの立法者って奴だ。こういったあほな奴らは、あと何杯か飲んでりゃ、宇宙の謎でも解明しはじめるだろう』

彼はビールを飲み終え、挨拶もせずに出ていった。ぽっちゃりとした女性バーテンダーが言った。

「彼、どうしたのかしら？　もしかしたら、ケネルクラブ《畜犬団体》の正規会員だったとか」

「それで、思い出した。犬のことを聞いたか？　大金が残されて、街灯柱ができたって話だぜ」誰かが言った。

クインは、背後のドアが閉まる前に彼らが笑っているのを聞き、小声で呟いた。「仲間の一人が十八か月の刑をくらったのに、あいつらはクリスマスみたいに騒いでる。二週間も経てば、彼のことすら忘れているだろうよ」


数週間が過ぎ、エレン・メルヴィルのことは次第にクインの記憶から薄れていった。ロンドンの空港で金塊が強奪された……二人の少女が殺害され、ミッドランドを舞台に大掛かりな犯人捜査がはじまった……ハットン・ガーデンでは一連の金庫破り……値打ちのある重要美術品が田舎の邸宅から次々と盗まれた。彼のデイリーコラム――「クイン・オン・クライム」――はネタに事欠かなかった。

八月のはじめ、偶然、リージェント・ストリートでジョン・パイパーに出くわした。旅行会社の前で、危うくぶつかるところだった。

クインが言った。「こんなことって？　まさか？　いつか幻覚を見るようになるって忠告されたことがあったが。どうやら本物のようだな――」彼は恐る恐るパイパーの肩に手を置いた――「これは、本物のようだ……」

「君はまったく変わらないな」パイパーが言った。「それにしても、しばらくだな。調子はどうだい？」

「ひどいもんだよ。でも、君なら俺の悲しみを大いに癒してくれそうだ。ここから三十秒もかからないところに居心地のいいパブがあるんだ。そこで、ビールでもたんまり飲めれば……どうだい？」

パイパーが応じた。「約束の時間まで十分しかないんだ。急がなきゃならんな」

「君が現金をたんまり持ってるなら、払う前に大急ぎで飲んじまうよ。こっちだ……」

〈ロイヤル・ジェスター〉のラウンジの静かな一角で、クインは得意のばかばかしい話を披露し続けた。パイパーもよく覚えている話だった。以前に戻ったようだった。

お互いもっと頻繁に会えばよかった、とクインは思った。容姿も気質も二人はまったく異なるが、強い友情で今でもしっかり結ばれていた。

二人がだんだん疎遠になっていったのは間違いだ。あんなに多くのことを二人で共有していたのににもかかわらず、結局はこうなってしまう。二人の男の友情というのは、どちらか一人が、生活の中に女性を迎え入れることによって変わってしまう。二組のカップルなら社会的交流を維持できるかもしれないが、三人だと奇数となり……。

「顔をよく見せてくれ、いいかい――」目を細め、口をすぼめ、クインはパイパーを細かく観察した。

「結婚が社会の柱石にどんな影響を及ぼすのか。どうやら、君は大丈夫なようだが」

「具合はまったくよくないがね」パイパーが言った。

「それで、思い切って結婚して満足してるのか？」

「後悔してるのかって訊かれれば、答えはノーだよ。ジェーンと結婚して、生き返ったんだ。私の今までの行いの中では最善なことだ。君はなぜ試してみない？」

「彼女は俺と結婚出来ないだろう？」クインは言った。「それじゃ、重婚になる」

「ばかなこと言うなよ。素晴らしい女性を自分で見つけて、落ち着いたらどうだ。そうしない理由はないだろう」

「いや、あるとも。俺みたいな亭主を持つ女性はみんな、俺が一緒に暮らしたいような女房にはならない」

「冗談で言ってるんじゃないんだ。最後に会ってから、君のことについて随分考えたよ。電話しようかと何度も思った……でも、なぜか機会がなくて。わかるだろう、私の言いたいこと？」

「もちろん、わかるさ。とにかく、ありがたいよ。俺のことを考えてくれる人間なんて、そうそういやしない」

クインの頭の中で小さな声がささやいていた。『……他に何を期待しているんだ？　もうあの頃は戻ってこない。彼はお偉い堅実な市民で、紳士のような服装で、中身も紳士で、紳士のように暮らしている。再婚もしているし、新しい妻が自分のような者を盛大に歓迎するとは思えない……』

しかしながら、クインは自分があまり公平ではないこともわかっていた。これが世の中のしくみだ。だが、いずれにせよ、パイパーは様々な場合において自分にとって良き友人だった。

『……無情に思う理由などないのだ。ここしばらく会っていなかったのは、俺の責任でもあるんだから……』

パイパーが自分の腕時計と壁の時計に目をやると、クインが言った。「君にも一杯おごりたかったが、もう少しで持ち時間の十分が終了するようだな。約束の時間に遅れるのはまずいだろう。俺の方もぶらぶらしていられないし。ちょうどオフィスに戻る時間だ」

彼はグラスを空け、言い添えた。「その分は次の機会に……奥さんによろしく」

「ありがとう、伝えるよ」

「いずれそのうち、いい話でもあったら、知らせてくれ。俺の番号は電話帳に載ってるからな」

「忘れないよ」パイパーが言った。

何も間違ったことはしていないはずなのに、クインは後ろめたい気持ちだった。昔は数か月に一度くらいしか会わなくても、クインとパイパーの関係は何も変わらずにいた。だが、今は違った。二人の間には見えない防壁が存在している。

二人のうちどちらかが、それをなんとかしなきゃならない。明らかに、これはクインの役目だった。彼は、歓迎されてもいないのに無理やり押しかけていくタイプではない。

ラウンジを出るとき、パイパーが言った。「ジェーンと私は数日後に三、四週間の休暇に出かける予定なんだ……でも、戻ってきたら、一緒に夕食でもどうだい？」

「ありがとう。ぜひ一緒に」クインは礼を言った。

「よかった。戻ってきたらすぐ、家内から電話させるよ。来月の早いうちにでも」

「それは都合がいい。少し早目に連絡をもらえるよう奥さんに頼んでくれるか？　そうすれば、散髪に行く予定が立てられる」

「そうするよ」

〈ロイヤル・ジェスター〉の外でパイパーが言った。「ジェーンには君のことを色々話してあるんだ。だから、まったくの他人と考える必要はない。君も彼女が気に入ると思うよ」

「間違いなく、そうなるだろう。彼女が俺のことを気に入ってくれるといいがね」

リージェント・ストリートの角で二人は別れた。クインはバス停の前に立ち、背の高いパイパーがヴィゴ・ストリートに入り、視界から消えてゆくまで見送った。

クインの心の奥底には、遠い昔の記憶が根深く残っていた。彼は不意に恐ろしいほどの孤独を感じた。自分が送っている人生には、何一つ意味がないように感じられた。どこかでぽっくり死んだとしても、誰もまったく気にしやしないだろう。気にかけてくれる人なんて誰もいない。

『……パイパーの言うとおりだ。彼はいつだって正しい。でも、二人を比べたってどうにもならない。彼は地位のある立派な男で見栄えもいい。服装も申し分ない。階級の高い警官にだってなり得るほどだ……もっとも彼には、よくいるような警官らしさはまったくないが。

女性がパイパーのようなタイプに惚れるのは無理もない。一目見て、俺が彼を気に入ったのと同じようなものだ。

厄介なのは、俺が自分を哀れだと感じはじめたことだ。俺は根っから独り者で、独り者のまま生きてゆき、死んでゆくだろう。何年も男やもめだった古い友人が再婚を決めたからって、自分も慌てて行動をおこして、承諾してくれる最初の女性と結婚すべき理由はない。

一時の気の迷いなんだ。結婚は俺の性にあわない。なんの保証もない。それに、たぶん後悔するだろう……』

どこからともなく、ヒュー・メルヴィルの言葉がよみがえってきた。彼がアーサー・キングという男を轢いて、死に至らしめたあの晩の言葉が。あれから長い時が過ぎて、はじめて彼のことを考えた。『……男と女がひとたび結婚したら、生涯幸せに暮らせるなんて勘違いしちゃいけない……それは誤った認識だ。でも、気付いたときには、もう遅すぎるのさ……』

メルヴィルは、おそらくそういったことで、あの夜、酒浸りになっていたのだろう。そうすれば、男は嫌なことを忘れられる。問題はその効果は持続しないということだ。

クインの心の声が言っていた……。『いつになったら、満足のいく生活ができるかなんてわかったもんじゃない。自分自身を養うだけで精いっぱいだ。二人の人間に対して責任をもつなんて俺には手に負えない仕事だ……』

今やパイパーは、新しい女房によく知らない男を夕食に招待するよう話さなきゃならない。その計画は、おそらく彼女の休暇を台無しにするだろう。亭主のみすぼらしい友人を押しつけられるのを避ける言い訳を考えて、翌月を過ごさなくてはならない。

オフィスに戻る途中、クインは自分に言い聞かせた。ミセス・ジョン・パイパーから連絡が来るかどうか、期待しない方がいいだろう。ジョンは、お義理で言ったことだ。今、彼とその女房が望んでいるのは、クインが夕食の約束を忘れてくれることだろう。

第三章

裁判官は昼食後に事件の要点の説示を終え、陪審員は二時四十五分に退出した。彼らは四時過ぎに戻ってきて、起訴状の全ての訴因において有罪の判決を示した。

四時半には全てが終わった。クインはその判決について賭けをしていたのだが、そのわずかな成果を集めて、五時十分前にオフィスに戻った。

タイプライターのローラー部分にメモが挟まっているのに気が付いた。『裁判所にいるあいだ、女性から二度電話あり。名前は告げず。六時前に再び電話をするとのこと』

彼はそれを二度読み返した。それからタバコをもらい、ジェーンはどんな女性かと考えをめぐらしながら、半分を吸った。パイパーの最初の妻の座に取って替わったのだから、特別なところがあるに違いない。

変だな。どうして彼女は名前を残さなかったのか。そうしてくれたら、こっちからかけ直すことだってできたのに。

特集記事部門の男がクインのデスクに立ち寄って言った。「俺の言うことをよく聞いて、あの詐欺事件にさっさと取り掛かってくれよ、おやじさん。報道編集長は、五時半までに出せと言ってる」

クインは言った。「よくわかってるよ、編集長が何を望んでいるか。君は、まだまだ若いな……」

記事を完成させるのに長くはかからなかった。昼食前に主要な場所に電話で確認を取っており、あとは午後の進行状況を記事に加えればいいだけだった。

リサルドール・ディヴェロプメント・コーポレーションの事件における警察の調査は三年前にはじまり、広範囲に及ぶ取り調べが過去にさかのぼって行われた。

裁判の最後に警視正シューメーカーがヘッジ判事によって召喚され、調査の遂行について称賛がおくられた。調査により、国民の金品をまきあげることを唯一の狙いとした非良心的な集団は法の下《もと》に裁かれた。

裁判に関わる法定費用は、およそ一万五千ポンドにものぼる公算だ。

クインは一、二か所修正を入れ、副編集長に削除箇所を与えるため、一つの段落を加え、原稿を提出した。二階の食堂へ上がっていったのは、五時半ぎりぎりだった。

いつも注文する卵とチップスを前に、彼は予測不能な司法というものについて考えをめぐらせた。詐欺罪で十四年……殺人で終身刑。十四年からその三分の一を差し引くと、九年四か月。平均的な終身刑は、だいたい九年。

『……それじゃあ、人をだますのは殺人より悪いことになる。もし、誰かの金をとると、その命を奪うよりもひどい悪党ということになる。きっと、その中のどこかにちゃんとした道徳が存在するはずだ。それとも我々は、単に狂った社会に生きているだけかもしれない……』

彼は二杯目のお茶とともに食事を終え、手洗いに行った。まっすぐな淡黄色の髪をなでつけながら、鏡の中の自分をじっくりと見た。

瞳はどんよりと曇り、肌の血色は悪く、細くやつれた顔は、休息がたっぷり必要であることを示していた。彼は自分に言った。酒は飲み過ぎだし、煙草も吸い過ぎ、寝るのも遅過ぎる。

『……煙草もビールも、なぜやめないんだ？　それで金が節約できるじゃないか。みじめな生活を送ってぽっくり死んじまうまで、ちょっとした財産がたまるはずだ……そして、それを全て残すことになるかもしれない。煙草を吸い過ぎ、酒を飲み過ぎ、寝るのも遅過ぎる誰かに……』

そこまで考えが及んだとき、自分に必要なのはやっぱり酒だ、と結論を下した。〈スリー・フェザーズ〉の陽気な飲み会は体のためにもなる。いつだって愉快な奴らがいて、機知に富んだ会話は酒以上に俺を元気にしてくれる。

九月の湿った夜、なじみのパブは店が閉まるまで、じめじめした気分を追い払ってくれる場所だ。もしかすると、誰かがパーティーを開いているかもしれない。店が閉まっていると、一転して夜もしぼむように消えてしまう。全ては運次第だ。

『……パイパーの女房は、今夜、俺が夕食に来るのを望んではいないだろう。例え今日二回電話をしてきても、六時じゃ身なりを整える時間もない……』

六時五分前に記者室に戻り、テーブルの上の書類を片付けはじめた。タイプライターにカバーをかけているとき、電話が鳴った。

女性の声が尋ねた。「クインさんですか？」

彼女の声は若くもなく、歳をとっているようでもなかった。推測するに二十五歳から四十歳の間といったところだろう。

「そうです。裁判所にいたとき、電話をしてこられた女性はあなたですか？」クインが尋ねた。

「ええ。二回電話いたしました。夕方の遅い時間まで、あなたが戻らないとお聞きしたもので」

そこで彼女は、クインが何かを言うのを待つように言葉を切った。自己紹介する必要は当然ないと思っているようだった。ミセス・パイパーは、自分が誰であるか、彼が当然知っていると期待しているのかもしれない。

クインは言った。「お名前を伺っていませんでしたね」

答えるまで少し時間がかかった。電話の相手は沈黙を続け、ようやく女性の声が聞こえた。「私はエレン・メルヴィルと申します。ヒューから聞いておりました。あなたが主人の友人だと」

失望が酸っぱい味のように口の中に広がった。パイパー夫妻が俺のような奴のために時間を無駄にするなどあり得ない。ばかじゃない限り、わかりきったことだ。

「ええ、ヒューのことは、かなり前から知っています」

あの事件について、気の毒に思っていることを伝えるべきなのだろう。ふさわしい言葉を探すのは難しかった。

変わらず落ち着いた声でメルヴィル夫人は言った。「何かアドバイスをいただきたくて、あなたのことを思い出したのです。あなたならわかるかもしれないと思いまして、どうしたらよいのか……」

またも彼女は沈黙した。クインが答えるよう、再び無言の質問を課したまま。

クインは漠然と彼女のことを思いだした——華奢で綺麗な女性だった。はにかんだ笑顔を見せることは、ほんの稀にしかなかったが。はじめて、そして唯一会ったその日は、メルヴィル夫人が微笑むような場面などまったくなかったからだ。

自分を責めるのは、ばかげているかもしれないが、それでも彼は、ヒュー・メルヴィルに起こったことについて、ある程度の責任を感じていた。もし、帰宅前にもう一杯やろうとメルヴィルに言わせたりしなければ……。

「何か私にできることがあれば、ぜひとも。それで、あなたの方は大丈夫ですか？」

「ええ、ありがとうございます――」ためらいながら、メルヴィル夫人は言った――「どうにか。ときどき、ちょっと気分が沈みますけれど、でも、そんなのは当然のことですわ」

「もちろんです。ああいったことを乗り越えるには時間がかかります。でも、よく言われるように、世界は終わらない」

陳腐な言葉だ。仰々しいうえに陳腐な言葉……クインは自分自身に言った。もうちょっと気の利いたことが言えないのなら、黙っていた方がよさそうだ。ミセス・メルヴィルは、こんなくだらない言葉を聞くために電話をかけてきたわけじゃない。

「容易なことではなかったですわ。でも、最悪の時期は乗り越えたと思います」エレンが言った。

また沈黙があった。そして、彼女が尋ねた。「なぜ、私があなたのアドバイスを必要としているのか、不思議に思っていらっしゃるかしら？」

「ええ、そうですね、正直言いまして」

「もちろん……そう思われても無理はないですわ。でも私、本当に混乱してしまって。あなたなら、お気になさらないかと……」

彼女の声はだんだん小さくなり、消えていった。クインが沈黙をやぶらざるをえなかった。「まったく気にしませんよ。私に何ができるでしょうか？」

「私――よくわからないんです。あなたに何をしていただきたいのか。うまく説明できませんけれど」

「時間がかかってもいいんです」クインは言った。「私は聞き上手ですから――急ぐ必要はありません」

「ご親切に。なんだか私、気おくれしてしまって」

「心配は無用です。どうぞ、思い切っておっしゃってください」

「ええ、あの晩のことなんです――事故の夜のことです」

「はい？」

「あの晩、あなたは主人に会った……そうでしたわね？」

「ただの偶然ですけど。彼は〈スリー・フェザーズ〉という店にいました。私が仕事のあと立ち寄ったとき。数か月ぶりに彼とそこで会ったんです」

「なぜそこにいるか、主人はあなたにお話ししましたか？　つまり……何かに腹を立てているとか、そんな話をあなたにしましたか？」

クインは受話器を耳から離した。なぜ、この手のことが自分の身に降りかからなきゃならないのか。長く疲れる一日を過ごしたあとで。メルヴィルの結婚生活が幸せだったか、不幸せだったか、自分にはまったく関心のないことだ。ヒュー・メルヴィルは、ここ何年か、たまに一緒に飲むぐらいの単なる顔見知りに過ぎない。

男には、パブで結婚生活の問題を議論したりする習慣はない。そこは自分自身の問題について忘れさせてくれるような場所だ。他の男の感情的なうずきや痛みを共有する気などさらさらない。酒を飲むのは、外の世界のプレッシャーから逃れる手段だ。

それはそうとしても、だからといって失礼なことを言う権利はない。そう思い直し、クインは言った。「思いだす限り、いつもと違ったようなところはありませんでした。二杯ほど一緒にビールを飲み、いつものように他愛もない話をしただけです。私生活について話すようなことは、まったくありませんでした」

三度目の沈黙のあと、ミセス・メルヴィルはためらいながら尋ねた。「主人が飲んだのは――二杯だけですか？」

「三杯だったかもしれませんが、それ以上飲んではいないと思います。私が着いたのは十時頃で、彼はちょうど十時半に店を出ましたから。だから、そんなに飲む時間はなかったはずです」

「でも、あなたが着いたとき、あの人はもうそこにいたのでしょう？」

「そうです。彼がどのくらいの時間〈スリー・フェザーズ〉にいたのかは、わかりませんが――」

「それでは、あなたがいらっしゃる前に、たくさん飲んでいたってことも考えられるのですね？」

「おそらく。でも、それは彼の問題です。私に言えるのは、店を出て行ったときの彼は、酔っぱらっているという状態ではまったくなかったってことです」

「でも、警察の血液検査では――」

「法律と社会的習慣とでは、かなりの違いがあります」クインが言った。「自分でちゃんと歩ける、ちょっとほろ酔い加減の男でも、法律に照らし合わせると、自動車を運転するのには適さないと判断されるかもしれません」

「ええ、わかります。でも主人は、そのほろ酔い加減ではなかったのでは？」

「私が思い出せる限りでは、彼はいつもとほとんど変わりなかった。こういったお話しがいったいなんになるんでしょうか……」

答えるまでにかなり時間がかかったが、やっとミセス・メルヴィルは言った。「とても単純なことです。今回のことで、私は自分に責任を感じています。もし、私の振る舞いが悪くなければ、主人はそんなにお酒を飲まなかったはずです。そして、あの男性も死ぬことはなかった」

「つまり、口論でもしていたと？」

「私たちは口論ばかりしていました――だいたいは、些細なことなのですが。いつもは、そんなに深刻ではなかったんです。でも、あの恐ろしい夜がくる前の数週間、主人はとても不幸な状態でした。私がなんらかの原因であの人を失望させたんです。ですから、そのことについて主人が話したのではないかと思いまして。もしかしたら、あなたとご一緒のときに」

「それはありえないことですよ。ともかく、あの事故の夜の前、何か月も私はヒューに会っていませんでしたから。彼はあなたが考えているように〈スリー・フェザーズ〉の常連というほどではありません」

「でも、他にもそういった場所があるはずです。いったい、いつからそんなふうになったのか、思い返そうとしているのですが……昔はこんなじゃなかったはずなのに」彼女の声は、今にも泣きだしそうだった。

クインは言った。「あれ以来――つまり、彼が家を出て以来、会いに行きましたか？」

「ええ、最初の頃は毎月訪ねましたわ……でも、それから行くのをやめたんです」

「なぜ？」

「二、三回、行ったあとで、もう来ないでほしいと言われましたので。お互いにとって、ばつが悪いだけだと。いつも誰かが側にいて、私たちが話しているのを聞いているんです。それで、プライベートなことは何も話せませんでしたから」

「彼は、かなりショックを受けているようですね」クインは言った。「他に訪ねてくる人はいますか?」

「いません。私の知る限り。主人の話しぶりから、放っておいてほしいと思っているのが感じられました。また、こうも言っていました。刑務所には、それなりの補償があると。少なくとも、そこにいる限り、私が始終、彼のあら捜しをすることもないでしょうから……」

ミセス・メルヴィルは支離滅裂な具合に話し続けた。やがて、クインは気が付いた。彼女はただ聞いてくれる人がほしいのだ。彼は自分に言い聞かせた。話すことによって彼女の不安がやわらぐのだと。

電話の向こう側に誰がいようとも関係ないのだ。自分は、彼女とその夫のつなぎ目のようなものだ。自分の役目は、ただ聞くことだけ。

やがて、ミセス・メルヴィルが口を閉ざすと、クインは言った。「私にできることが何かあればと思いますが、ミセス・メルヴィル。でも、ただ一つアドバイスがあるとすれば、ご自分を責めても何もならないということです」

「あなたは、わかってらっしゃらないのよ。あれは――あれは私のせいなんです」

「いいえ、起こったのは、よくあることの一つに過ぎません。他の男性でも同じ状況に陥ったはずです。そして、それを乗り越えていくのです」

電話から、鼻をすするような小さな音が聞こえた。そして、彼女は言った。「他の男性はヒューとは違いますわ。彼はものすごく憤慨していて……私にはどうしてよいのか、わからないのです」「彼が出所したら、物事をちゃんと見つめ直す時間をもつでしょう」クインは言った。「今回の別れが、ある意味、二人にとって、多少なりとも良い結果をもたらすことになるかもしれません。新たなスタートをきるチャンスでもあるでしょう」

壁の時計は六時十分を指そうとしていた。どうやったら、うまく彼女から逃れられるか、クインは思案していた。

裁判があったあの日、彼女にはほとんど友達らしき人がいないように見えた。そしてこの目的のない会話がそれを証明していた。孤独な人間には、はけ口が必要だ。無力な人々は、しばしば誰かと話したいという強い衝動に駆られる。ミセス・メルヴィルはその両方だった。

クインは彼女を哀れに思った。それでも、自分が置かれている状況に我慢がならなかった。ヒュー・メルヴィルは、たまに居合わせたときに一緒に飲むだけの相手だ。女房と喧嘩したからといって飲み過ぎたのは、メルヴィル自身の責任だ。

『……警察に止められたら厄介なことになるぞ、と忠告したことで、かえって俺は面倒な立場になったんだ。それ以上ひどいことになるなんて思いもよらなかった。彼の女房には、俺たちは生涯の相棒であるかのように思わせたに違いない。まったく、いまいましい！　家庭内の問題に俺を巻き込む権利など、あいつにないはずだ……』

彼女の悲しげな声が耳に入ってきた。「……あなたのおっしゃるとおりだったら、どんなによいか。でも、これ以上お時間をお取りするつもりはありませんわ。あなたにも責任を負わせるなんて正しいことではないですもの」

クインは言った。「いえ、そんなことはありません。もし、私に話すことでなんらかの助けになるのでしたら、喜んで」

「ご親切な方ね」

「いえ、そんなことはないです。私は何もしていません」

「おわかりにならないでしょうけれど、だいぶ気持ちが落ち着きましたわ、あなたのおかげで」

「よかった。それが一番大事です」

「もっと早くに電話をするべきでしたわ。でも、あなたがどうお思いになるか、わからなくて。知らない人間が自分の問題であなたをわずらわせたりしたら」

「わずらわしいなんて、思っていませんよ」クインは言った。

このままずっと、この電話から逃れられないのではないか、と彼は思い始めた。これは、よくある終わりのない会話のようだ。お礼に対してお礼を言い、またそれに対し、お礼を言い、それからまた……なんやかんや……なんやかんや。

そして、ミセス・メルヴィルが言った。「本当にかまわないでしょうか？　またお電話しても。気分が少しふさいだときにでも？」

「いつでも、どうぞ」クインは答えた。

彼女がまた礼を言っているあいだ、彼は決心した。次の時は外出していよう。唯一の問題は、彼女が交換台に名前を告げないかもしれない、ということだ。

『……電話してくる女性全てを拒否するのは無理な話だ。次の電話の女性がミセス・ジョン・パイパーだってこともある……まあ、その可能性はものすごく低いが……』

電話の声が言った。「それでは、これ以上お引き止めできませんわ……ところで、私は『モーニング・ポスト』を購読していまして、あなたのコラムの愛読者ですの。とても素晴らしいと思いますわ。いつも朝食のときに読んでいます」

その手の発言には、何の意見もしようがなかった。しかし、ようやく逃げ道が見つかった。「それで思い出しました。もう少し仕事を進めないと、明日の朝、あなたが読む記事は何もなくなってしまう。これで失礼いたします、ミセス・メルヴィル。さようなら」クインは会話を終えた。

受話器を置き、彼女の声を真似して言った。「……ところで、私は『モーニング・ポスト』を購読していまして、あなたのコラムの愛読者ですの。とても素晴らしいと思いますわ……」

彼は階段を降りていくときもまだ、独り言を続けていた。俺は必要以上に辛抱強く彼女の相手をしてやった。そのお返しに彼女は恩着せがましい態度をとったのか。

『……なんて傲慢な！　とても素晴らしいだと？　彼女も、俺が今まで会ったような奴らと同じだ。奴らは半ダースの言葉すら紙の上にうまくつなげることができない。それにもかかわらず、批評家気取りだ。すぐにタイプライターで暮らしを立てている人間に話しかける。みんなただ時流に乗っかりたいだけなんだ……』

俺の口の中に残る、あの発言の後味を取り除くには、上等のビターが何杯か必要だ。もし、ミセス・メルヴィルがまた電話してきたら、俺の時間を無駄にするより、弁護士か医者に相談しろと言ってやろう。

彼は〈スリー・フェザーズ〉に向かっていた。ミセス・メルヴィルを心の中から追い払う前に、最後にもう一度考えていた。あの手の女性が相手だったら、どんな男でも酒を飲まずにいられないだろうと。

刑務所には補償があると言ったヒューの言葉は、おそらくそのとおりだったのだろう。あの女性のくだらない話をいつも聞かされるよりは、他のことの方がずっとましだ。

次の週、クインは多忙な毎日を送っていた。仮にミセス・メルヴィルのことを思い出したとしても、彼女の声を聞くことはもうないだろうと、自分を安心させるためだけだった。

九月十日、水曜日、昼食のあとオフィスに戻り、タイプライターにまた一枚のメモが挟まっているのを見つけた。『女性から電話あり。二時に戻る旨伝える。その頃、電話するとのこと』

クインが言った。「くそ……」

二時過ぎに彼の電話が鳴った。交換台が言った。「ミセス・メルヴィルがお話ししたいそうです。おつなぎしましょうか?」

ノーと言いたいところだったが、こういうことはもう終わりにしなきゃならない。問題を避けているだけじゃ、いつまで経っても終わらない。それで、彼は言った。「了解。つないでください」

待っているあいだ、この厄介な女性を追い払うのになんと言えばいいのか、繰り返し練習してみた。いくつかの選ばれた言葉が、間違いなく彼女を遠ざけるはずだ……。

やがて、ミセス・メルヴィルの声がした。「ミスター・クイン? いつでも好きなときに電話をしてもよいと確かおっしゃっていましたが、このようにお邪魔することがものすごく恐縮で。でも、こうするしか他に方法がなくて。もちろん、今ご都合が悪いようでしたら、あとでお電話し直します。

その方がよろしいかしら？」

最初の電話より更に悲嘆に暮れた声だった。彼の怒りは消えていった。いずれにせよ、あまり長くなるようだったら、何か言い訳して中断すればいいのだ。

「いいえ、大丈夫です。数分なら時間があります。それからまた外出しなくてはなりませんが。何か問題が？」

「あの夜のことですわ。あなたと私の主人が一緒に飲んでいた。そうです――事故の夜のことです」

「はい、覚えています。それが何か？」

「ええ、このあいだ、あなたがおっしゃったことで、私、ずっと悩んでいましたの。ヒューはそんなに飲んでいなかったと、あなた、おっしゃいましたね？」

「そうです。おそらく、そんなには。でも、私の意見は当てにならないとはっきり申しあげたつもりです。研究室の報告書では血液一ミリリットルにつき、アルコール値は百九十ミリグラムだった。法律ではそれは許容値の二倍以上だと。あなたも、ご理解なさっていらっしゃるかと――」

「ええ、そうですわ……確かに。私がこの件に関してそんなに鈍いわけではないと信じていただきたいわ。でも、あなたの意見は重要です。なぜなら、主人と待ち合わせたとき、かなり飲んでいると思ったものですから。だから、私が間違っていたんですわ」

クインは、辛抱強く話した。「もう一度、最初から考えてみましょう。ご主人の弁護人は、研究所の報告に対して決して反論しなかった。かなりの量を飲んでいたと認めることになった。ゆえに、もし誰かが間違っているとすれば、それは私だ」

「それでも、あの人と別れたとき、酔っぱらっているような振る舞いはなかったのでしょう？」

「おそらく、なかったです。でも、だからといって何も変わりません。それに、こういった話がなんになるのか、私にはさっぱり。あの夜、起こったことは、もう過去の出来事です。あなたはそれを忘れなくては」

「できませんわ――どうしても、できません」再び彼女は泣き出しそうな声を出した。

「心からそうしようと思えば、できるはずです」クインは言った。「今になって、何が問題なのでしょう？　彼が酔っていたとわかったところで」

「なぜなら、私にはわかっていたんです。彼が運転に適していないと――法的に無理だと言うよりも、実際に飲み過ぎて、運転できる状態ではなかったんです」

「わかりました。あなたは、彼がそういう状態だったのは自分のせいだと考えてらっしゃるのですね。自分がよい妻ではなかったとか――何かそういうことで。以前、そう話していましたね。私がわからないのは、なぜご自分を責め続けるのですか？」

「でも、きっと理解していただけると思います……もし、全てをお話しすれば」

「他に知ることは何もありません。全ては裁判で明らかになりました。あなたに責任があるかどうかは、もう重要ではありません。彼は酔っぱらって人を殺した、それが事実です。違いますか？」

「違います――」彼女は口ごもった。「違うんです。そこがまさに問題なんです。主人はやっていないんです」

「いったい、何をお話ししていらっしゃるのですか？　あのキングという男は死んだ。彼の死を招いたのはヒューだった、違いますか？」

答えるまでに時間がかかった。そして、遂に低い小さな声が言った。「違うんです。ヒューは彼を殺していません。私が殺したんです」

もうたくさんだ。クインは自分に言った。悲惨な経験をした女性を大目に見ようと心の準備をしていたつもりだが、もう限界だ……。

「いいですか、あなたのおっしゃってることはまったくばかげています、ミセス・メルヴィル。責任は車を運転していた人間にあるんです」

「わかっています。勇気を出すのに何週間も、何週間もかかりました――」言葉が転がり落ちるように次々と出てきた――「でも、もう誰かに話さなくては」

再び、一つの疑問が浮かんできた。「何を話すというのですか？」

「ヒューはあの夜、車を運転していなかったんです。私がさせなかったんです、かなり酔っていましたから。それで私が運転したんです」

クインにしてみれば、余計意味がわからなかった。「今度こそ、完全に私の手には負えない。彼は酔っていた。あなたはしらふだった。そういうことですか？」

「ええ」

「でも、あなたが事故を起こしたら、その責任を彼が負った？」

「はい」

「信じられない。まったく信じられない――」

「でも、それが真実です、ミスター・クイン。それが真実だと誓います。あの男性を轢いたとき、私が運転をしていたんです」

「それじゃ、どうしてヒューがやったと言わせたのですか？」

「なぜなら、あの人がそうさせたからです。あの……私の免許証の期限が切れていまして、更新するのを忘れていたんです。二か月過ぎていました」

「でも、それはそんな深刻な問題じゃ。少なくとも飲酒運転と比べたら、たいしたことでは。なぜ、同意する気になったのですか？」

「私は、ほとんどヒステリー状態でした。何もかもがあまりに突然で、何も考えることができなかったんです。一瞬前までは、全てが正常でいつもどおりの夜だったんですが……次の瞬間には、悪夢の中に投げ込まれたように感じましたわ。全ては、あの犬が目の前に飛び出してきたからです」

彼女は息を整えるのにそこで言葉を切った。クインは言った「続けてください」

「私は自分ができる唯一のことをしました――思い切りハンドルを切ったんです。自分の側の道路端に。でも、ちょっと寄り過ぎたようで……」

再び沈黙が流れた。クインが促した。「先を続けて」

「ヒューは半分眠っていました。車が芝生の端に乗り上げると、あの人はハッとして目を覚ましました。そのとき、あの人が行ったのは無意識の反応によるものでした。どんな運転手でも同じことをするでしょう。理解していただけると思いますわ」

「話してください、彼がどうしたのか。そうすれば、理解できるでしょう」

「主人は――主人はハンドルを不意に横からつかんで、右に思い切りまわしたんです。そのとき、男性がどこからともなくあらわれて。私は、ほとんど彼に気づきませんでした。今だって、彼がどこからあらわれたのかわかりません」

「それで、あなたは停まることができなかった」クインが言った。

「そんな時間はありませんでした。私はブレーキを踏みました――でも、どうにもならなかった。覚えています――」彼女の声は落ち着かなかった。「ヘッドライトに照らされた彼の顔を……それから、ドスンとぶつかる音がして、彼の顔が視界から消えました。それで全部です。次に気付いたとき、ヒューはハンドブレーキを引き、車がちょうど停まるところでした」

クインは考えをよく巡らした。「真偽のほどはわからないが、それでもやはりご主人に責任があると思います。もし彼が邪魔をしなければ、あのキングという男は、おそらく殺されてはいなかったでしょう」

「あなたはただ、私を慰めるためにそうおっしゃっているのね。あれは、乱暴に急にハンドルを切った私の責任です」

「あなたが急いでハンドルを切らなきゃ、犬を轢いていたでしょう」

「いいえ……たぶん私があまり注意を払っていなかったんですわ。半分眠っていたか何かで。わかっているのは、ヒューが急に反対側にハンドルを切らなければ、車は溝にはまって横転するか、反対側の土手にぶつかっていったはずです」

「それは、単なる憶測です」クインが言った。

「それ以上ですわ。私たちが死ななかったのは、運がよかったからです。ヒューは自分ができる唯一のことをしたんです。私はあの人を責めません。キングという人が、ちょうど悪いときに飛び出してきたのですから」

「あなたもご自分も責める必要はありません……自分が運転していたと白状しなかったことは問題ですが。どうして、今さら白状する気に――」

「ええ、今ならわかります。あのとき、ヒューが言ったんです。警察は血液検査をしないかもしれないと。でも、私の免許証はきっと提示させられると……」

彼女の語尾は悲しげにどんどん小さくなっていた。束の間の沈黙のあと、彼女は訊いた。「どうしたらよいのでしょう?」

「どうすることもできません」クインはそう答えた。「すでに決定されたことを取り消すには遅過ぎたようです。真実を認めるのは、ご主人が有罪判決を受ける前でなくては」

「わかっています。でも、いったん供述書にサインしてしまうと、もうどうにもならなくなってしまったように感じて」

「供述を取り下げることができたかもしれない」

「そうしたかった——でも、ヒューはそうさせなかった。警察に話したときと内容を変えれば事態が悪くなるだけだと言って。私が主人をかばうためにそうしていると警察は考えるでしょうし。私が運転していたなんて誰も信じないだろうって」

クインは言った。「おそらくヒューの言う通りだ。ことごとく運が悪かった。あなたは自ら墓穴を掘り、そこから出られなくなってしまった」

ミセス・メルヴィルは再び口を閉ざしたあと、尋ねた。「私が警察へ行って、自分がやったのだと、主人ではない、と告白すべきだと思いませんか?」

「ヒューはすでに六か月、刑に服したんだ。今更たいした違いがあるとは思えない。彼の言うとおり、誰もあなたを信じないだろう。ばかげていようが、いまいが、彼は自分で責任を負うことを選んだんだ。そして、どうすることもできなくなってしまった」

「まさにそれで、私は恐ろしく苦しんでいるのです。私を守るためにやったのですから」

「自分が酔っていたことをもう少し自覚していれば、そんなことにはならなかったはずだ」クインは言った。「こうなった以上、私が思うに、そのままにしておくしかないでしょう」

「あなたは本気で、そう考えていらっしゃるの？」

「もちろんです。本心を言わないわけがありません。あなたを守ろうとしているわけじゃありません」

「ええ、そんなことはあなたに望んでいませんわ」

「さあ、いいですか。あなたは私にアドバイスを求め、今やそれを伝えました。あと数か月でヒューは自由になります。彼の味わった辛苦をあなたは埋め合わせることができる。それが再び二人を結びつけることになるかもしれません」

「そう望みます……本当に心から」彼女の声に希望はまったく感じられなかった。

そのまま重苦しい口調で彼女は続けた。「こんな風にあなたをわずらわせてごめんなさい。でも、きっとこういったご経験があるかと思いまして、それから、ヒューの友人だと思って――」

「わずらわしいことなど、まったくありませんよ」クインは言った。

「ご親切ね。どうしたらよいのか、本当におかしくなりそうで……」

彼女の声は次第に小さく消えていった。しばらく何も聞こえなかった。

それから、はっきりとした声が言った。「本当にありがとう、ミスター・クイン。このご恩を忘れませんわ。さようなら」

第四章

次の週末、まだパイパーからの連絡はなかった。リージェント・ストリートで偶然出会ってから、すでに一か月は経っている。彼と妻は九月のはじめには戻ると言っていたはずだ。夕食の約束なんてそんなものだ。

『……聖書でも言っている。〈君主たちに頼ってはならぬ……〉。古い友人にもだ、ついでに言えば……』

明らかに、パイパーは面倒な状況から抜け出すのに漠然と夕食の約束をしたんだ、日にちを特定しないで。前にも他の奴とそんなことがあった。

『……そして、またそういったことは起こるだろう。口のうまい奴が世の中にはごまんといる。いつもこう言うんだ「近いうちにぜひ会おう。あれこれ落ち着いたら」。そして、それから音沙汰はない。結局、奴らがいつ落ち着くのか、落ち着かないのか、なんなのか、知る由もない……。

あんな忌々しい余計な言葉さえなければ、楽しい気分でいられるのに。彼らは、ああいうことを言って、いったいなんの満足を得られるのか、クインには理解できなかった。そして今や、パイパーまでもが他の奴と同じ真似をするようになった。男は女性の影響を受けると、変わる運命にあるらしい』

火曜はクインの非番の日だ。次の朝遅く、オフィスに着くと、特集記事部門の一人が、ガールフレンドからまた電話があったぞ、と告げた。

クインは聞いた。「ガールフレンドってなんのことだ？　なんの話だ？」

「いつも君に電話してくるあの女だよ……他にも誰かいるのか？　いったい、何羽の小鳥たちを囲っているんだ？」

「笑わせるな。彼女の目的は？」

「君だよ――偉大なるクイン様。随分ともったいぶった調子だったよ。電話がほしいと番号を残していった」

それはビーコンズフィールドの番号だった。クインが言った。「今朝まで俺に会わないってことは言ったかい？」

「ああ、それを聞いても、かまわないと言ってたよ」

「それじゃあ、電話はしなくていいってことか？」

「さあ」

「なぜわからないんだ？」

「つまり、俺は言ったんだ。悪いけど、朝まで君とは連絡が取れないと。もし、何か重要なことなら、君が来たら、すぐにメッセージを渡しにいくと」

「彼女はなんて言ってた？」

「それで、俺がここにいるんだよ。回線があまりよくなかったけど、彼女は確か、たいしたことではないと繰り返したと思う。すごく沈んだ声だった、一応、教えておくけど。近頃、何をやってたんだい？」

クインは言った。「最近の俺は非常に情け深くてね――といったところさ。長椅子でも買って、精神科医の看板でもあげようかと……」

彼はビーコンズフィールドに電話をかけ、応答を待っているあいだ、座って落書きをしながら、細い線で人の形を描いた。かなり長い時間待った。

受話器を置こうとしたとき、カチッという音がして、女性の声がした。「もしもし？　どちらさま？」聞きなれない声だった。

「ミセス・メルヴィルと話がしたいのですが」

「恐れ入りますが、彼女はここにはおりません。どちらさまでしょうか？」

「私の名前はクインです。『モーニング・ポスト』の編集部員です」

「はい？」

「ええと、昨夜、ミセス・メルヴィルからオフィスに電話がありまして、私と話したいとのことでしたが不在だったので。それで、要件は何かと電話してみたんです」

「彼女は、今朝あなたから電話が来ると知っていたんですか？」

「そういうわけではないと思います。ただ、私の同僚が、メッセージを伝えておくと彼女に告げたはずですから」

「ああ、そうですか」

背後で何か雑音が聞こえる……やかましく太い声だ。そして、女性が言った。「少々お待ちいただけますか……」

　そのあと、遠くからのかすかなピーピーピーという音しか聞こえなくなり、彼女が手で受話器を押さえているのがわかった。たいした興味もなく、彼らは誰なんだろう、ミセス・メルヴィルとどういう関係なのだろうと、クインは考えていた。

　考えているうちに、ジョン・パイパーと彼の新しい妻、そして決して実行されない破られた約束が頭に浮かんだ。面倒な状況を避けるためなら、人はなんでもするだろう……。

　彼は、さらにボクシング用グローブをはめた二人の男を描いた。受話器はまだ押さえられたままで、彼はレフェリーを書き加え、三人を四角いロープで囲った。

　それから、男の大きく響く声が聞こえていた。「もしもし、ミスター・クイン?」

「はい。どなたですか?」

「こちら、バッキンガムシャー州犯罪捜査課、バイラム警部です。こちらにいらして、お会いできますか?　あなたと少し話がしたいのです」

「いつですか?」

「できるだけ早くに。今は十二時半。バックス・コートへ、そうですね、二時までにおいでになれますか。それよりも早ければ、もっといいです」

「なぜですか?　何があったんですか?」

「まあ、非常に入り組んだことが。ここにいらしたときにお話ししましょう。すぐに出発の準備はできそうですか?」

　クインは言った。「バッキンガムシャーの荒野をぶらぶら散歩するような許可を得られるかどうか……。それに交通状況にもよります」
「許可を得るのは、そんなに難しくはないでしょう——交通手段を手配するのも。編集長に伝えてください。私たちの取り調べにあなたの助けが必要だと」
「なんについてです？」
「ミセス・エレン・メルヴィルの急死についてです」バイラムが言った。

ほとんど一週間、毎日雨が降り続いたあとの、よく晴れた暖かい日だった。広々とした田舎に辿り着くと、芝刈り脱穀機《コンバイン》が作動し、天気が持ちこたえているあいだに最後の小麦を刈り取る作業をしているのが見えた。

状況が違えば、彼はこの外出を楽しんでいたはずだろう。穀物の実りや、排気ガスに汚染されていない新鮮な空気の香りを嗅ぐのは久しぶりだった。

ビーコンズフィールド・ロードへ入ってゆくと、交通量はまばらになった。さらに分岐点で右に入ると、標識があった。〈チャルフォント・セント・ピーター——チャルフォント・セント・ジィルズ——アマーシャム〉。左手の向こうには森林地帯が広がり、秋の木の葉が日差しを浴びてあずき色や金色に輝いていた。

運転しているあいだ、車のフロント・ウィンドウは両方とも大きく開けていた。そこから風が入り、彼の青白い頬には、わずかに色が差していた。

チャルフォント・セント・ピーターを半マイルほど進むと、T字路があり、道標には〈サットンデイル——二マイル〉と書かれていた。そこから道は、ワイルドベリーの実がなる生垣のあいだを、ちょうど二台の車がすれ違えるほどの幅になった。

しかし、道はまっすぐだった。クインは、少し行った先に立ち並ぶ建物が見えるまで、適正なスピードを維持した——ちょうど一本道で、宿屋、小さな店、二十件ほどの漆喰の住居があり、何件かはわらぶき屋根で、どれも年数を経て古くなり、風雨で傷んでいた。

そこは、過ぎし日のサットンデイルだった。新たな地区が村の西側に建設されていた——立派でモダンな広い庭付きの一戸建て住宅で、いかにも富裕層といった雰囲気が漂っている。

新しい地区と古い地区のあいだに途切れた場所があり、木々が頭上高く重なり合うように生い茂っていた。小さなそり橋が、高台から北の方へ流れる小川の上にかかっている。

どこかの庭で枯葉を燃やしており、道路にその煙が漂っていた。刈り取った草を手押し車に載せて押している男性がちらりと見えた。女性がバラの花壇の土を長い柄の押し鍬《くわ》で掘り返していた。彼女はくたっとした麦わら帽子をかぶり、顔は見えなかった。

サットンデイルの端から端まで、他には誰も見当たらなかった。古い家々と新しい家々。しかし、他に誰も人はいない。昼食のあと、午睡《シエスタ》でもとっているのだろうか、と彼はいぶかった。

彼は小声で言った。「この手の場所が、ドミトリー・ヴィレッジ（夜だけ人々が帰ってくる郊外型住宅ベッド・タウンにかけている）と呼ばれているとしても驚かないね」

一マイルほど先に別のT字路があり、左右にビーコンズフィールドからアマーシャムへと幹線道路が走っている。右手の〈止まれ〉の標識から二百ヤードほどのところにバックス・コートがあった。

三階建ての煉瓦造りの共同住宅で、建物の前はビリヤード台のように滑らかに刈り込まれた広い芝生になっていた。円形の花壇がそこに点在している。コンクリートの小道はYの字になって、道路から二つの別れた玄関へと続いていた。
道路沿いには、車が数台停まっていた。一台には屋根に警察の標識がついている。
もう、ミセス・メルヴィルは運ばれていったのだろうか……。こういった場所に住んでいる隣近所の人は、外に停まっているパトカーを見てどう思っているのか……。そして、バイラム警部の『……あなたが私たちの調査の助けになってくれるのではないかと』という言葉には、どんな意味があるのか。

ニュース記事では、その手の引用句はたった一つのことを意味する。警察が追及の手を特定の個人に伸ばし、面談を要求し、彼らの職務は遂行される。一度拘留すると、もはや助けなど必要ない。
『……おかしな自己表現の方法だ。もちろん、私服警官は自分なりのやり方をもっている。あまり感じがいいとは思えなかった。あれじゃあ、俺が何か不正行為に手を出しているみたいに誰もが考えるだろう。もし、威圧的な態度で迫ってきたら、もっと痛い目にあうとわからせてやる……』

表玄関は、床と階段にゴムのタイルが敷かれ、後部出口は外にある居住者のガレージにつながり、大きな荷箱くらいの自動運転のエレベーターが設置されている。一階のフラットの外には、空の牛乳瓶が置いてある。

十二号室は二階にあった。クインが階段を上がっていくと、どこか上の方から、くぐもった声が聞こえてきた。

階段の上に二つの部屋があった。十二号室のドアは開いていた。静かな声はそこから聞こえていた。

ドアの錠のまわりに、のみなどを使った傷跡があった。同じような道具で戸枠から添木を削り取った跡も見られた。掛かっていた錠を押し開けたときの傷跡だ。

町からやってくる道すがら、クインは漠然とミセス・メルヴィルのことを考えていた。なぜ、若い女性が突然、死ぬことになったのか。健康状態について話してはいなかったが、彼女が病気だったことは考えられる。そして、一月のあの夜、彼女が経験したことが、少なくともそれを後押ししたのではないか。

誰かが死ぬと、たいていの人は気の毒に思う。その大部分は非個人的な喪失感である――何よりも死に対する恐怖だ。

ミセス・メルヴィルが亡くなったと聞いたとき、彼が抱いたのはそれと同じ感情だった。彼女がどうして亡くなったのか、ほとんど問題ではなかった。クインに言えるのは、人生が彼女にもたらしてくれたものはほとんどないだろう、ということくらいだった。

誰も、よく知らぬ人の死について彼が悲しむとは期待しないだろう。クインにとってミセス・メルヴィルは、単なる電話の声の主でしかなかった。あの日、裁判所で見かけた彼女の姿を思い出すのすら難しかった。

遅く眠りについた重苦しい夜のあと、彼の頭は冴えなかった。警察は、ミセス・メルヴィルのフラットで一体何をしているのかと一、二度考えを巡らせたが、考えること自体難儀だった。行ってみればわかるだろう。

今、裂けた戸枠を見つめて立っている彼は、なぜバイラムが『急死』という言葉を使ったのか推測できた。単に誰かが死んでいるという事例ではない。また、侵入者がドアをこじ開けたり、警察が押し入ったのでもない。

『……やはり、彼女は自然死だったのかもしれない。もし、誰も鍵を持っていないのなら、錠を壊さなければならなかっただろう。しかし、自然死なら、法的に俺がここに来て尋問を受けるよう強制することはできないだろう……』

少しだけ開いたドアから、男性と女性が小さな声で話しているのが聞こえた。声はとても小さく、何を話しているかはわからなかった。

呼び鈴を押すと、内玄関、踊り場、階段の至るところに二重奏のようなチャイムの音色が鳴り響き、ぎょっとするほどの事態を引き起こした。彼は後ずさり、自分が何か間違ったことをしたようなばかげた気持ちに襲われた。

部屋の中の声が止まった。チャイムの音が次第に消えてゆくと、一人の男がドアを大きく開いた。彼はすっきりしたスーツに冴えないネクタイを締め、何の個性も感じられない雰囲気で、私服警官によくいるようなタイプだった。彼は言った。「ご用ですか?」

「私はクインと申します。『モーニング・ポスト』の者です」

「ああ、どうぞ、お入りください。警部があなたのことをお待ちしていました」

男は短い廊下を先導し、両側に窓のある大きな部屋に入っていった。午後の陽ざしに包まれ、部屋は明るかった。

部屋には二人いた。スリムで綺麗な女性が一方の窓を背にして座り、締まりのない体つきの男が長椅子の肘掛けにもたれかかって座っていた。あごが張り、目は小さく窪み、生姜色のわずかな短い毛以外に髪はなく、新生児の生えかけの頭のように薄かった。

立ち上がることなく、男は言った。「私がバイラム警部です。あなたが着いたのを見ていましたよ、ミスター・クイン。このくらいの時間だと考えてましたから。迅速に来ていただいてよかったです」

「私はいつでも警察には協力的ですから」クインが言った。

彼はこの男が嫌いだった。動物的な直感で嫌悪を抱いた。バイラムは、彼がいつも苦手と感じるタイプの警官だった。そして、警部もそれに気付いているようだった。

バイラムは言った。「とても賢明ですね、ミスター・クイン。結局はそれで面倒が省ける」

「世の中には、すでにもう充分面倒なことがありますから。これ以上、面倒をおこす必要はないです」クインは言った。

「私も同感です」彼の太い堂々とした口調は丁寧だが、その眼は冷たかった。「こちらはミス・ジーン・ガーランド……階段の踊り場の向かい側、十三号室に住んでいます。マカフィー巡査部長は私の補佐です」

クインが挨拶すると、ミス・ガーランドは親しげに微笑んだ。かわいらしい笑顔は、顔がこわばっているため台無しになっていた。

マカフィー巡査部長はドアを閉め、そこに肩をつけて寄りかかった。ちょっとうんざりしているような様子だった。

バイラム警部が言った。「それでは、お互い紹介しあったところで本題に入りましょう。すでにご存じだと思いますが、ミスター・クイン、私はミセス・エレン・メルヴィルの死因について調べています」

「はい。私がわからないのは、なぜか、ということです」

「それは、非常に単純なことです。ミセス・メルヴィルは、石炭ガス中毒で亡くなりました。彼女は今朝九時に、アマーシャムにあるご主人の薬局の管理人に会うことになっていました。しかし、約束の時間に彼女はあらわれませんでした。管理人は九時半まで待って、こちらの家に電話をかけました。返事がなく心配になって……バックス・コートを訪ねることになり、様子がおかしいと気が付いたのです」

バイラムは、ミス・ガーランドにちらりと目をやり、小さく頷いた。彼は言った。「私に話したことをミスター・クインにも話してくれませんか？」

彼女は不安気に手を動かし、唇を湿らせ、それから話しはじめた。「ミスター・クロフォードが――薬局の管理人ですけど――何度もベルを鳴らしていたので、私、たまりかねてドアのところに行ってみたんです。そして、ミセス・メルヴィルは外出したのかと訊かれました。でも、わからなくて。彼女と九時にアマーシャムで約束していたらしいのですが、どういうことか考えもつかなくて」

ミス・ガーランドは、同意を求めるかのようにバイラムを見つめた。彼がもう一度頷くと、彼女は続けた。「何度かベルを鳴らして、郵便受けから中を覗き込むと、朝刊が床に落ちているのが見えたんです……。それで、彼女は七時半以降外出してないって気付いたんです、その時間に新聞が届きますから……」

マカフィーが自分を見つめているのがわかった。それから、バイラム警部も。まばゆい日差しに包まれた部屋で、疑惑の空気が次第に高まりつつあるのが感じられた。

おそらく、最初からそういった雰囲気が漂っていたはずなのだが、たった今、彼が気付いただけなのだろう。単なる妄想かもしれない。窓が開いてるにもかかわらず、空気は熱を帯び、閉塞感があった。

そして、ばかげた罪の意識が彼を再び悩ませはじめた。恐れるようなことは何もしていない。しかし、一言一言用心しなければならない。そう考えたとき、突然、猛然と怒りが湧いてきた。『……いったい、なんだっていうんだ？　ミセス・メルヴィルが死んだからって、何を心配してるんだ？　彼女と会ったことすらないのに。彼女が二回ほど電話してきたのは、誰か話相手が必要だったからだ。それだけだ。俺と彼女のあいだには何もない。何が起こったとしても俺に責任はない……』

ミス・ガーランドの話は続いていた。「……それから、ガスの臭いがしたんです。そんなにはっきりとではありませんが、ミスター・クロフォードも気付いたようで。私の部屋から道具を持ってきて、ドアをこじ開けました」

彼女はバイラム警部を見上げ、唇を再び湿らせた。バイラムは言った。「ありがとう、ミス・ガーランド。あなたにとって非常につらいことでしょう。わかります。さあ、もうリラックスしてください」

彼は、小さく鋭い目をしっかりとクインの顔に向けた。「彼らは、寝室でミセス・メルヴィルを発見しました。窓は閉まっており、絨毯は明らかにドアの下をふさぐように置かれていました。このクロフォードという男は、ガス栓が目いっぱい開いていたと言っています。それを閉じて、窓を開けたあと、慌てて外へ出たそうです。そうしないと、彼も被害にあっていたところでしょう」

バイラムは大きく息を吸って、吐き出した。そして、話を続けた。「我々はここに着いてから、台所の換気扇をまわし、全てのドアと窓を開けました。でも、外から入ってきた人にはまだ臭いが感じ取れると思います。あなたも気付いたことでしょうね？」

彼のよく響く声は、まるで非難しているようだった。クインは言った。「いいえ、気付いたとは言えませんね。私には特に何の臭いも」

警部は綿毛の載ったような頭皮を掻き、考え込みながら、彼を見つめ言った。「そうですか、それじゃあ、もう臭いは消えたのかもしれません。やがては消散するものですからね」

クインは訊いた。「ミセス・メルヴィルは、死後どのくらいだったのですか?」

「医者によると、八時間から十時間のあいだ。なぜ、お訊きになるんです?」

「我々は本題から外れているようですから。私の嗅覚はなんの関係もない。ミセス・メルヴィルは、ちゃんと衣服を脱いでベッドに入っていたんですか?」

バイラム警部は、かすかに眉をあげた。「そうです。それから、睡眠薬を二、三錠飲んでいたのも明らかです。それ以上の量かもしれません。ベッドに入る前に」

「どうしてわかったんですか? 検視の時間など、ほとんどなかったはずだが」

バイラムのいかつい顔に皺が寄り、半分笑ったようになった。「ああ、もちろん、あなたはそのようなことについてよくご存じですね。まさに、これはあなたの得意分野ですね」

「ええ、私は事件記者としては長年の経験がありますから。あなたのおっしゃる意味がそういうことでしたら」

「私の言ってるのはそういう意味です。それから、なぜ睡眠薬を飲んだとわかったか。寝室のごみ箱に空箱があったんです。ラベルを見て、アマーシャムの薬局に確認できました。箱にはもともと二十五カプセルのバルビツール酸系睡眠薬が入っていたとのことです」

「それじゃあ、彼女がどのくらい飲んだか、はっきりしないわけですね」

「正確にはわかりません。彼女の主治医であるドクター・ホイットコムは、六、七週間ごとに処方薬を与えていたようです。夜に一錠、もし必要であれば。二十五カプセル入りの新しい箱を数日前に受け取っていますから、以前もらったときの三、四錠が残っていたとしても、それ以上飲んでいないと考えるのが妥当でしょう……。同感ですか?」

「そうですね、同感です」クインは言った。「最近処方されたという二十五錠のカプセルは見つかったんですか?」

「はい、ベッドの横の戸棚に」バイラムのよく響く声が少し小さくなった。「おかしいですか?」

「はい……。もしあなたが、私と同じことを考えているとしたら」

「手のつけられていない箱を見つけてから、ずっと私も考えていました」

ミス・ガーランドの小さくかすれた声が言った。「あの——よくわからないんですが……。どうして睡眠薬の箱がそんなに重要なんですか?」

バイラム警部は、厳粛な顔をしながらもおもしろがっているようだった。「あなたには理解できないかもしれませんね、ミス・ガーランド。しかし、ミスター・クインと私は、それがどんなに重要になり得るか理解しています。そうですね、ミスター・クイン?」

警部が電話で何を言いたかったか、もはやクインが自問する必要はなかった。ばかげている、まったく全てがばかげている。しかし、警察の考え方とはそういうものだ。それで、警官は給料をもらっているのだ。

クインは言った。「それほど重要ではないかもしれない、しかし、あきらかに奇妙だ。もし、ミセス・メルヴィルが自殺を企てていたなら、ガスなど使ったりせずに、なぜ一箱分の睡眠薬を飲まなかったのか? 彼女は二十五錠の睡眠薬で十分効き目があるとわかっていたはずだ」

「しかも、ガスは確実ではない——それに、もっと不快だ」バイラムが言った。彼はもはや面白がっていなかった。

ジーン・ガーランドは一人の顔から、もう一人の顔へと、また視線を移した。大きなグレーの瞳は、警部の顔に浮かんだ表情を恐れているようだった。

ミス・ガーランドは言った。「間違ってらっしゃると思います。かわいそうな彼女は、はっきり判断を下せるような気分ではなかったはずです。睡眠薬だけじゃ十分じゃないと考えたかも。自殺じゃないとほのめかすのは、ばかげているわ」

「おそらくは。しかし、この事件のいくつかの面は――控えめに言っても――かなり奇妙だ。あなたが話してくれた、昨日の夜の出来事ですが、覚えていますか？」

「ええ。でも、それが証明することには――」

「もちろん、なりません。何かを立証するにはまだまだ長い道のりがあります。それでも、あなたは昨日の夜遅くに誰かがフラットを出て行く音を聞いたのですね」

「ええ、そうです。でも――」ミス・ガーランドは応援を求めるかのようにクインを見つめた。「でも、それがミセス・メルヴィルじゃないと、はっきり言い切る根拠はないんです」

「夜中過ぎに一人で外出するとでも？」

「まったくないとは言えません……。奇妙だとは思いますけれど」

「奇妙とは、控えめな表現だね」バイラムは言った。「今までにそういったことはありましたか？」

「そういったことについては、わからないんです。普段は、午前零時よりもずっと前にベッドに入りますから、近所の人の出入りの音は聞こえないんです。昨日の夜は、たまたま珍しく眠れなかったので」

「その時間、彼女がどこへ行ったか、心当たりはありますか?」

「まったくありません。私たち、そんなに親しい友人じゃなかったので。私生活について詳しく話すことはありませんでした」

「でも、あなたは言ってましたね。彼女はひっそりと暮らしていたって」

「ええ、彼女はたいてい家にいました。ご主人が——家を出てから」

バイラム警部はクインに目を向けて尋ねた。「ミセス・メルヴィルから聞きましたか? ご主人が刑務所にいると」

その質問は、ある意味、多くのことをほのめかしていた。クインは言った。「聞く必要はありませんでしたよ。ヒュー・メルヴィルが十八か月の刑を宣告された日、私は裁判所にいましたから」

「なるほど、全てご存知とのことですね」

「そうは言ってません」クインは否定した。「私が得た情報は裁判で耳にしたことだけです。新聞を読んだ百万もの人が、私と同じくらい知っています」

バイラムは二本の指で太い首の襟の部分を緩めて言った。「私は別に、他のことをほのめかしてはいませんよ。どうか混乱しないでもらいたい、ミス・ガーランド。昨夜のことにまた考えを戻してください。ミセス・メルヴィルが帰ってくるのがわかりましたか?」

ジーン・ガーランドは首を振った。はっきりしない声で彼女は言った。「いいえ……なんの物音も聞こえませんでした。もし、帰ってきたのが一時過ぎであれば、私はすっかり寝入ってましたから」

「それでは、彼女は少なくとも一時間は外出していたと?」

「ええ、そう思います」

「長い散歩に出る時間とは到底思えませんね」

「人によって考え方は違います。ある人にとっては、散歩は最後の手段です。夜、眠りにつくために。そして——」

ミス・ガーランドのためらいがちな声が、バイラムの顔に浮かんでいる表情を見て不意に途切れた。彼は言った。「彼女が散歩に出かける必要はなかったはずです。一箱分の睡眠薬がありました。それにもし、自殺を決行しようと決意していたのなら、運動するために行動を遅らせたりはしないでしょう……。そうですよね？」

憤りに駆られ、クインが言葉をはさんだ。「あなたの態度から判断すると、警部は全てを型通りにはめようとしている。ミセス・メルヴィルは散歩に行き、その間に決心した可能性もあるのでは？運動が必要だったのではなく、まさに時間が必要だった——最終的な決断を下す前に考える最後の時間が」

バイラム警部は、なんの表情も浮かべず、クインをじっと見た。「もっともらしい話ですな、ミスター・クイン。まったく、もっともらしい。しかし、残念ながら現実的な裏付けがない。巡査部長！」

マカフィーが返事をした。「はい、なんでしょう」彼は、ドアを閉めた瞬間からほとんど動いていなかった。

「昨夜の天気は、どうだったかね？」

「はい、警部。雨でした。夜十一時ごろから朝方の四時までひどい雨が降っていました。今朝、バスの中で人々はそんな話をしていました」

「少し前にこのフラットに着いたとき、濡れた衣服を見つけたかね？」

「いいえ、警部」

バイラムはクインから目を離し、再びミス・ガーランドの方を向いた。「ミスター・クインが到着したとき、ちょうどあなたに尋ねようとしていたんです。あなたがまだ起きていたとき、このあたりで車の音が聞こえましたかね？――通り過ぎる車ではなく、停まったか、バックス・コートのすぐ近くで発車しようとしている車の音を？」

彼女は、何度も手を握ったり開いたりを繰り返してから、言った。「ええ――でも、すぐにではありません」

「それは、どういう意味かね？」

「あの、エンジンの音が聞こえたんです。どこか角のあたりで。数分後ですが」

「ドアロックの音がして、ドアが閉まったそのあとで？」

「そうです」

「さっきあなたが言った、数分後というのは間違いないですか？」

「ええ、そうです。ほんの少しあとだったと……少なくともそんな感じが」

「あなたが聞いた音と言うのは、エンジンが始動する音ですか？」

「ええ、そんな音でした」

「ドアが閉まって、その少しあとに車が出る音がするまで、何か他に聞こえましたか？」

ジーン・ガーランドは手をもぞもぞ動かし、言った。「いえ、なんの音も聞こえませんでした。いつもの夜と同じです」

「それでは、私が想像するに、足音が聞こえるくらい静かだったんですね？」

「そう思います」

「でも、あなたは足音をまったく聞かなかった――階段を上がっていくのも、下りていくのも？」

「聞きませんでした……ええ――」彼女は頭を振った。「聞かなかったのは、確かです」

「それはかなり例外的なことだと言いませんでしたか？」

「ええ、普通ならそうだと思います。でも、彼女はとても静かに歩いていたのかもしれません、誰にも迷惑をかけないように」

「靴でも脱がない限り、あなたにも聞こえないほど静かに歩くのは無理でしょう」バイラムは言った。

ミス・ガーランドの瞳に不安と当惑が混ざり合っているのが見てとれた。彼女は言った。「なぜ、ミセス・メルヴィルがそんなことをするのか、理解できません」

「私もです。けれども……音が聞こえてから、すぐに車は出て行ったのですね？」

「はい」

「そして、そのあと、また何も聞こえなくなった？」

「はい」

「大変よろしい。では、この質問に答えてください。誰かがこのフラットから車が停めてあると考えられる場所まで歩いていくと、どのくらい時間がかかりますか？」

「そんなにはかかりません。おそらく、一分か、そのくらいでしょう」

「数分かかる可能性は？」

「ありません。すぐそこですから」

もう一度、バイラム警部が言った。「大変よろしい」

その言葉にはなんの意味もなかった。彼は満足しているようにも、していないようにも、どちらにも見えなかった
バイラムは二本の指で後頭部をマッサージしてから言った。「もう二つ、三つ、質問してもいいですか、ミス・ガーランド。かなりご辛抱いただいてますが、終日、お時間をいただくことはありませんし
「それは大丈夫です。かまいませんわ」彼女の言葉もまた、何も意味していなかった。

「あなたが聞いたロックの音は、ドアを外から閉める音とも、中から閉める音とも、どちらとも考えられる。そう思ってよろしいでしょうか」

「ええ……そうですね。でも、私が聞いたとき、車が出て行って……」

「誰かが出て行ったと、あなたは思ったわけですね？」

「はい、当然です」

「どうしてです？」

「なぜなら、誰かが上にあがってくる音が聞こえなかったからです」

「でも、誰かが下におりてゆくのも聞こえなかったんですよね」

「ええ、そのとおりです」

「それでは、誰かが上がってきたにせよ、下りてきたにせよ、聞かれないように細心の注意を払っていたことになりますね。それについては疑う余地はなさそうですね？」

ミス・ガーランドは両手を握りしめ、クインの後ろの壁を見つめながら、しばらく考えていた。

「おそらく、わたしは間違った印象を受けてしまったんだと思います。たぶん、誰の出入りもなかった。私が聞いた車の出て行く音は、他のブロックのフラットを訪ねた人のものだったのかも」

「ドアをロックする音は？」

「それは容易に説明できますわ。私たちは空の牛乳瓶を踊り場に置いておくんです。毎朝、牛乳配達が集めにきますから。ミセス・メルヴィルがドアの外に空の瓶を置いて、私は単にその音を聞いて――」

「――またドアを閉めただけだと」バイラムが言った。

「そうです。それで多くの説明がつきます。そうじゃなければ、あまりにも不可解なことばかりですもの」

「考えられるでしょうね――もし、あなたが今朝、ドアの外に空の牛乳瓶を見つけたと言うのなら」バイラムは立ち上がり、両手を背後に組んで、ミス・ガーランドをじっと見下ろした。

「見つけましたか、ミス・ガーランド？」

彼女は落ち着きなく動き、視線を逸らせると、気詰まりな声で言った。「いいえ」

「もし、見つけたというのなら、私は驚きますね。自殺しようとする人間が牛乳瓶について考えるなんて――空だろうと入ってようと――あまりないことでしょう。従って、我々は難問から逃れられないわけです」

手を後ろに組み、背中をまるめ、バイラムは離れた窓の方へ歩いてゆき、秋の花や短く刈り込まれた芝生を眺めた。しばらく、彼はそこに黙って立っていた。

それから、振り向いて言った。「ありがとう、ミス・ガーランド。これ以上、あなたを引き留めはしませんよ。もし、あとで何か思い出したら、もう少しお話しすることがあるかもしれませんが。かまいませんか?」

「ええ、かまいません。今日の夕方まで外出しませんから」

彼女はクインに頼りなげな笑顔を向けた。マカフィー巡査部長がドアを開けてくれると、彼女も微笑みを返した。

ミス・ガーランドが廊下に出ると、バイラムが呼び止めた。「ああ、ミス・ガーランド……」

彼女は振り向いた。「はい、警部?」

「まだ、訊くことがありました。以前、ミスター・クインをお見かけしたことはありますか?」

大きなグレーの瞳が考え深げにじっとクインを見つめた。確かな記憶を呼び寄せようとするように。それから、「いいえ」と言った。

「ありがとう、ミス・ガーランド。とても参考になりました」

彼女がいなくなると、クインが言った。「彼女に礼を言うのは私の方ですね」

バイラム警部は床から踵を離し、軽く上げ下げを繰り返した。穏やかな声で彼は尋ねた。「どうしてです?」

「なぜなら、もしミス・ガーランドの答えがイエスだったなら、私が困ったことになるからです」

「どうしてそんなことを?」

「とぼけたことを言うのはやめてくださいい、警部! あなたは私をここに呼び寄せた。まるで単独で容疑者を面通しするように。それは規則にのっとったものではない。それなのに、あなたはおかまいなしのようだ」

声の調子を変えず、バイラムは言った。「誰かが、今のあなたのように話すのを聞いても、その主張は私の耳に虚しく響くだけだ。自分自身を擁護するのは、あなたに対する申し立てが成されたときだと思いますよ」

クインは言った。「私は、このゲームにずっとつき合わされているんです。もう風がどっちに吹いているかはっきりわかるくらい。お忘れのようですが、私の職業人生は警察と切っても切れないものなんです」

「それは違います、ミスター・クイン。そこが、あなたの間違っているところです。私は、あなたが誰なのか、わかっています――でも、私にもやるべき仕事があります。そして、その仕事に例外は許されないのです」

「つまり、あなたは、私がミセス・メルヴィルの死と何らかの関係がある、と疑っているのですね」

「そういうわけではありません。しかし、この種のケースでは、私は通常、消去法という過程を踏みます」

「私が消去されることはない。あらかじめ容疑者に含まれていない限り」

バイラムはゆっくりと首を左右に振った。「もし、含まれているとすれば、自分自身を責めるしかないでしょうね」

「昨日の夕方、ミセス・メルヴィルがオフィスに電話をしてきた。私はそのとき、出ることができなかった。そして今朝、要件を訊くために電話をしたんだ」

「まあ、それは話の一部でしょう。その件に関して、彼女の要件とは？」

「それがわかっていたら、電話する必要などなかった」

「それはいろいろ意見が分かれるところでしょうね。あなたとミセス・メルヴィルとは、どういった関係で？」

「関係など何もない」

「でも、友好的にされていたんですよね？」

「非友好的という言葉に反するって意味なら、そうなるだろう」クインは答えた。

バイラムの小さく鋭い瞳が、敵意を帯びて一層険しくなった。「中身のない返答は好きではありません」

「私は威圧的な戦術が好きではない。それでは、これからどうなるんですか？」

マカフィー巡査部長はドアから離れて言った。「あなたがこれからどうなるかは、わかっています。そのように話を続けるのなら」

クインは、心の中で煮えたぎっている怒りをなんとか抑えなければならなかった。「余計な口出しはしないでもらいたい。もうこれ以上はご免こうむりたい。精いっぱいの誠意を持ってここに来たんだ。罪でも犯したように扱われるとは思ってもみなかったね」

バイラムは少し声を和らげた。「随分と早合点してるようだが。誰も君が罪を犯したとは言っとらんよ。ちょっと協力を約束してもらいたいだけだ」

「それなら、もうちょっと違った接し方をしてください。私を手荒に扱っても、あんたにとってなんにもならない」

「いいでしょう。それでは最初から始めましょう。あなたとミセス・メルヴィルのあいだにはなんの関係もないとおっしゃりたいのですね？」

「そうです、それが事実ですから」

「しかし、彼女のことを少し前から知っていた。それは否定しませんね？」

「ほら、まただ」クインが言った。

「今度はなんですか？」

「『否定』という言葉の含みが気に入らない」

「そうかもしれませんね、では、その言葉を使わないようにしましょう。それで、私の質問に対する答えは？」

「まだ質問されてはいません」

バイラム警部は、後ろにまわしていた手を離し、両手をこすり合わせ、また後ろへ戻した。肉付きの良い顔が、陰険に威嚇する顔つきに変わった。

彼は言った。「いいですか、私の忍耐にも限度があります。けれど、言い方を変えましょう」

「それは、いい考えです」

「わかりました。ミセス・メルヴィルのことは、どの程度ご存知でしたか？」

「ほとんど知りません。会ったこともありませんし。一度だけ見かけました——遠くからですけれど」

「それはいつですか？」

「彼女の夫が危険運転で人を死なせ、刑務所へ送られた日ですよ」

「そのあと、彼女と会っていないのですか？」

「会ってません」

「でも、彼女と話しをした？」

「電話でだけです。それに電話をしてきたのも彼女の方です」

「何回くらい？」

「二回です。三回目は昨日の夜で、私は非番でしたから」

「二回の電話で、何を話したのですか？」

「だいたいは彼女の精神状態についてです。彼女はとても孤独だったようで、誰か良い聞き手が必要だったのです」

「なぜ、君を選んだのだろう？」

「たぶん、私が思いやりのある人間だと思ったのでしょうね」

バイラムはちょっと憤慨したような声を出した。「君は私に冗談を言えるような状況ではないはずだ」

「砂漠であなたに水を乞うような状況でもない」クインは言い返した。

マカフィー巡査部長が一歩前へ出た。低い唸るような声で、バイラム警部はクインに尋ねた。「君は、まともに答えることを拒んでいるのかね？」

「質問に適した唯一の答えを言っただけだ」クインは続けた。「あんたがそれを気に入ろうと、気に入るまいと、私にはどっちでもかまわない」

「そう攻撃的では、問題解決の助けにはならない」

「害を与えることもないだろう」

「さて、目下のところ、君は私の仕事を必要以上に困難なものにしている」

無謀にも、クインは自分を抑えることができなくなっていた。「それを聞いて嬉しいよ」

バイラムは長くため息をついたままだった。そして言った。「警察を妨害した際の処罰について、話す必要はないね？」

「その通り――必要はありません。私は警察の仕事を妨害した覚えはありません。率直に質問してくだされば、率直な答えが得られる。あなたが意見をちゃんと言うのなら、私もそうする。それが民主主義だ」

「私に講義はしないでくれ」バイラムが言った。「その電話での会話だが、ミセス・メルヴィルは自ら命を絶つような気分にあると、ほのめかしたかね？」

「いいえ、そんなに多くは話さなかった。だが、かなり気分が沈んでいるのは、はっきりわかった」

「最後に彼女から電話がきたとき、そういう印象を受けたのかね？」

「そうです。彼女は問題を抱えていた。私はそれについて気を揉むのをやめるようアドバイスした。きっと誰一人、信じてくれないだろうから、とね。もし、彼女が警察に行っても、信じてもらえる見込みはほとんどない」

「なるほど。それで、彼女は何を警察に話そうとしてたのかね？」

「私に話したのと同じことです。この付近でおこった自動車事故で男を死なせたのは、自分の夫ではないと。あの夜、運転していたのは自分の方で、夫は妻を守るため責任を負うことになった。理由は彼女の免許証の期限が切れていて、更新し忘れていたからだと」

バイラムは、マカフィー巡査部長の方をちらりと見て、それからクインを見た。「本当の話かね？彼女が本当にそんなことを？」

「はい。私が作った話ではありません」

「ええ、もちろんそうでしょう。彼女の話は本当だと思いましたか?」

「どちらとも言えないですね。あり得るかもしれない……。しかし、そうだとしても、そうじゃないとしても、今置かれている状況は変わりません。それで、嘘をついたままにしておくように言ったのです」

「なぜなら、警察が彼女を信じないと思ったからですか?」

「その確率は高いと思いました」クインは言った。「彼女の夫は、最初から同じアドバイスをしていました。警察は、彼女が夫をかばおうとしていると思い込むはずだ、と」

バイラム警部は手を後ろにしたまま、片手でもう一方の手を叩きながら考えた。それから、やっと口を開いた。「君のアドバイスが、自分にとって厄介なことを引き起こすとは考えなかったのかね?」

「どんな?」

「情報を提供しないように人を説得するのは、違法行為でもある」

「何も説得なんてしていません。彼女がアドバイスを求めたから、それに答えただけです。」

「そこが、いまだに私のわからないところだ。実際、君が完全に他人だったなら、なぜ彼女は君に尋ねたんだ?」

クインは言った。「彼女は、私と彼女の夫が親しい間柄だと知っていた。私たちは時々、フリート・ストリートのパブで会っていた。事実、事故の夜も一緒に飲んでいた」

「他の場所で会ったことは?」

「いいえ、唯一顔を合わせるのは〈スリー・フェザーズ〉です」

もうしばらく考えたあと、バイラムが尋ねた。「昨夜、電話で彼女が何を話したかったか、思いあたるふしは？」

「まったく、手掛かりすらありません……。ただ、彼女はご主人のことでものすごく自責の念に駆られていたので、私と話すことによって少し気がまぎれるというか……そう、彼女が言っていました」

クインはわざとらしく咳をして言い添えた。「それでおわかりでしょう。私が思いやりのある人間だとさっき言ったのは、口先だけではないと」

「そうですな、どうやらそのようだと」バイラムは体を前後に揺り動かし、話を続けた。「一つ、訊かなくてはならない質問があります。あなたの怒りに火をつけることはしたくないので。ただ率直にイエスかノーだけ答えていただきたい」

「いいですよ。なんですか、質問は？」

「このフラットに今まで来たことはありますか？」

クインは言った。「あなたに言える率直な答えは、ノーです。それから、今度は私に教えてくれませんか？」

「私にできることなら。それが、公務に反することでなければ」

「反することはないでしょう。私が知りたいのは、どのような理由で、私がこの件に巻き込まれることになったのか、ということです。今朝、こちらが電話をする前から、あなたが私のことを知っていたのは、はっきりとわかりました。電話しなかったとしても、きっと私を探しに来たでしょうね？」

「そうです。まったくそのとおり。あなたのことはすぐに調べましたから」

「なぜです？　誰が私のことを話したのですか？」

「誰も。しかし、寝室にある電話の横にカレンダー式日記帳があって、ミセス・メルヴィルがそこに走り書きを残していたんです。昨日の日付のところに、『Q——午後十一時』と」

クインは言った。「それは、彼女が私のオフィスに電話してきた時間です」

「それとも、あなたが電話してくるのを予想していた時間かも」バイラムは言った。「私に食ってかかってくる前に、これだけは言わせてほしい。過去二回ほど、カレンダーにイニシャルの『Q』とロンドンの電話番号が書かれていた。それだけだ——。時間は書かれてなかった。この三回目の記入が、何かこれまでと違うと考えたとしても、君は私を責めたりはできないだろう?」

クインの心の中で、様々に矛盾しあう考えがぶつかり、何を優先すべきかを争っていた。いくらか順序立てて分類し、彼は言った。「ええ、警部。あなたを責めませんよ。私はただ、私の話を聞いて、今、あなたがどう思っているのか関心があるだけです」

バイラムはあごの先をぐいと引いて言った。「それはまだ、今のところ準備していない答えですな」

「私を信用していないという意味ですか?」

「私は、自分の個人的な問題について考えている、という意味です。ミセス・メルヴィルは確かに罪の意識にさいなまれていたかもしれない。ご主人のことで気持ちが落ち込んでいたかもしれない。それでも、自殺を図るほどの確かな理由があるかどうか」

「そして、ガス栓は勝手には開かないはずだ」クインが言った。

「それだけではない。栓はかなり固く、偶然に開くこともない」

「それじゃあ、自殺でもなく、事故でもないとすれば、残る選択肢は一つだけ。あなたが考えているのは殺人ってことになる」

「いや、そうではない。自殺というのは分別のある人間がすることではない。それゆえ、必ずしも合理的な動機が存在するとは限らない。彼女が自ら命を絶ったことは考えられる」

「しかし、彼女が栓をひねったんじゃないとすれば、誰か他の人間――ミセス・メルヴィルが寝入ってから入り込んだ誰かだ。問題は、その人物がどうやって入ったかだ。鍵もないのに――」

「一つは化粧台の引き出しに入っていた」バイラムが言った。「ミセス・メルヴィルの鍵は彼女のハンドバッグに。スペアキーは、おそらく彼女の夫が持っているだろう」

クインは言った。「もし、彼が刑務所に入るとき、それを彼女のもとに置いていったなら、侵入者はミセス・メルヴィルの家を訪問した際、簡単にそれを手に入れることができたはずだ。ヒュー・メルヴィルがあなたにスペアキーはフラットにあると話したとき、疑われないように、昨夜、その人物は引き出しにそれを戻した」

「素晴らしい考えだ、ミスター・クイン。大変素晴らしい」バイラムは、マカフィー巡査部長と素早く視線を交わした。「唯一訂正するとすれば、侵入者は、鍵を盗んだりはしなかったと思う。私の考えでは、ミセス・メルヴィルが、すすんで鍵を渡したのではないかと」

「それはつまり、女性ではなく、男性だと言っているんですか？」クインが訊いた。「もし、そうであれば、ミセス・メルヴィルは私が想像するほど、そんなに孤独ではなかったのかもしれない」

バイラム警部は軽く肩をすくめた。「私はまだ、そこまで深く考えていませんが」

「あなたが既に考えているのとたいして変わりはないですよ。私には、彼女にボーイ・フレンドがいたというふうに受け取れますがね」

「もし、そうなら――」警部の響き渡る声の調子は変わらなかった。「なぜ彼女は彼に秘密を打ち明けなかったのか、あなたに悩みを話す代わりに」

「また話が私のことに戻ったようだが」クインが言った。「もし、私が推測するなら、彼女はそんなことはできなかった」

「どうしてか、説明できるかね？」

「はい。彼は彼女に飽きていたのかもしれません。二人の関係を終わらせたかった。フラットに行き、鍵を彼女に戻し、さよならを言って出て行った」

バイラムの肉付きの良い顔が難色を示した。「その推測を受け入れるのは、また最初に戻ることを意味する。もし、スペアキーが不法侵入に使われなかったのなら、我々は侵入者という線を除外しなくてはならない」

「でも、我々には最初に抱いていなかった選択肢が残されている。もし、彼女に恋人がいて、恋人が彼女を捨てたなら……」

「捨てたなら？」

「自殺した理由はそれということになる」クインは言った。

マカフィー巡査部長は小さく咳払いをした。バイラムはクインから目線をそらして言った。「なんだね、巡査部長？」

「警部、私の言うことがお気にさわらなければいいのですが、こういった話はまったくばかげています。もし、ドアの鍵がずっと引き出しに入っていたのなら、彼女の夫が刑務所に行ってからずっとそこにあったはずです。そのことは彼女が鍵を誰かに渡したという考えを崩すことになります。もし、彼女が渡さなかったのなら――恋人などいないということです。つまりは自殺の動機などない。私の言っている意味、おわかりですか、警部？」

「わかるとも、巡査部長。よくわかっとる。もし、我々がミスター・クインと円滑に話を進めたいのなら、無駄な努力はやめた方がいい」

バイラムのしかめ面はより険しくなり、クインの方を再び向いたときは、かなり苦い顔になっていた。「ミセス・メルヴィルに恋人がいたかもしれないというのは君の推測だ。その可能性は高いと思う。でも、彼らが別れたとか、フラットに鍵を返したというのは、どうも考えにくい」

「それは、ただ一時的に浮かんだ考えです」

「そうかもしれないがね。私はむしろこう考えたい。彼は関係を終わらせたかった、しかし、彼女はそうじゃなかった……。それはかなり不都合なことだったに違いない。彼は離婚訴訟に話が及ぶのを避けたかった」

「それで、彼女を殺した、と」クインが言った。

「ことによっては。少なくとも、それでミス・ガーランドが昨夜遅く聞いた音の説明がつく」

「ミス・ガーランドが聞いたのは、ドアのロックの音です。上がったり下りたりする足音は聞いていない。このフラットのドアとも限らない。車については、そのあとすぐ出て行ったのは再考にもあたらない」

バイラム警部が言った。「だとしても、それについては考えてみるつもりだ。……それから、君の果たした役割についても。もし、必要とあれば、昨夜の居場所を説明してくれるかね？」

「どうしても必要ならば、最善を尽くしますよ。目下、他にも必要なことはありますか？」

「いや、当面は。しかし、私としては——」

このとき、電話が鳴った。マカフィー巡査部長が受話器を取ると、バイラムは口を閉ざした。

「はい？　ええ、彼はここにいます。お待ちください……」

バイラムがクインを見た。「まだ、行かないでもらいたい」

マカフィーが呼んだ。「あなたにです、警部」

電話の声は何かを引っ掻くような音がし、クインにはそれだけしか聞き取れなかった。バイラムは、クインの顔に目を向けながら聞いていた。

「……ああ……そうか……もう一度言ってくれ」

バイラムの顔つきが変わった。「確かに。もし確実なら……ああ、もちろん……どのくらいだ？……ああ、おおよそのことがわかったら……ありがとう……恩にきるよ」

彼は受話器を置いた。電話から手を離すと、何やらマカフィー巡査部長に呟いた。

二人とも、クインをじっと見つめた。その視線はクインに再び罪の意識をもたらした。煙草があれば落ち着くだろうが、今は持っていない。

食器棚に銀色の箱があり、勝手に取ったら、とがめられるだろうか。彼らにその権利はないはずだが。煙草は、ミセス・メルヴィルのものだ……。もし、何本か箱に入っているのなら。それに、ミセス・メルヴィルは亡くなったのだし。

しかし、警官というのは、どいつもこいつも厄介なもんだ。不意に煙草を吸いたいなどと言えば、何か悪い意味にとられるかもしれない。そのうえマッチもない……。

バイラム警部が言った。「たった今、興味深いニュースを耳にしたよ、ミスター・クイン。ロンドンへの帰途につきながら、君もいろいろ考えることになるだろう」

「ニュースなら、こっちの本分だ」クインは言った。

「その手のニュースではない。亡くなった君の友人――ミセス・エレン・メルヴィルについてだ」

「友人ではないと、さっき言ったはずだ」

「そうだったな。でも、いずれにせよ、君も興味を持つはずだ」

「ええ、興味はありますね、やはり。ミセス・メルヴィルがどうしたんです？」

「彼女は妊娠していた」バイラムは続けた。「何やら三か月とか。彼女の夫が刑務所に入ってから六か月だが、どうやら彼女は、かなり大胆なことをしていたようだ」

第五章

九月十八日木曜日の朝、アマーシャムで審問がおこなわれた。形式的な証拠による身元確認のみおこなわれ、そのあと警察は、さらなる調査のため、九月二十五日まで本件の持越しを要求した。

クインは一連の審理に出席したが、名前を呼ばれることはなく、十一時十五分に審問は終わった。検視官のそばを離れるとき、彼は、誰かと話しているジーン・ガーランドを見つけた。ほのかに親しげな笑みを見せると、すぐに視線をそむけた。彼を知っているとわかれば、ミス・ガーランドはきっと困るのだろうと、はっきり感じられた。

彼女とフランク・クロフォードと呼ばれる男性が、ミセス・メルヴィルのフラットのベルを何度も鳴らしたところ、何の返答もなかったことを説明していた。そして、ドアをこじ開け、ガスが充満する寝室で彼女が亡くなっていたことも。ガス栓を閉め、フラットの窓を全て開け、ミス・ガーランドが警察、救急当局に連絡した。

クインはロンドン郊外で、ランチタイムの交通渋滞にはまり、オフィスに戻ったのは一時過ぎだった。上の階に行くエレベーターで、報道編集長が自分を探していると聞かされた。

「……血圧が上がって目が飛び出そうになってたぞ、パイプオルガンの音栓（栓を出したり、引っ込めたりして音を調整する装置）みたいに。これ以上待たせると、ヒューズがぶっ飛ぶ」

「もし、はっきりわかっていたなら、まっすぐランチに行ったところだが」クインは言った。

面談は嵐のように荒れた。クインが部屋に入る間もなく、編集長が問いただした。「いったい、どこに行ってたんだ？」

「ミセス・エレン・メルヴィルの検視審問に出ていたんです。ご存知だったと思いますが。召喚状が来ていたと話しておいたはずです――」

「その審問はどこで行われたんだ――中国か？」

「いいえ、バッキンガムシャーですよ。アマーシャムというところで、美しい田舎です。ストークポージズからそんなに遠くない。あの、十四世紀のセント・ジャイルズ教会のある場所です。トマス・グレイの『墓畔の哀歌』は、そのセント・ジャイルズの教会墓地が舞台となっています。彼の記念碑はナショナル・トラストによるものです」

「もう充分だ。私を忌々しい男子学生みたいに扱わんでくれ」

「それなら、私のことも忌々しい雑用係みたいに扱わないでもらいたい。できる限りすぐに帰ってきたつもりです」

「君の考える『すぐ』というのは、私の考える『すぐ』とは違うようだ。裁判所に問い合わせたところ、審問は十一時十五分には終わったそうじゃないか。二時間前だ。途中、どこかで寄り道していたんだろう」

「そうですね、してましたよ。まあ、二百回は停車しましたね。私の前に連なる車が停まるたび、私もそうしましたから。停まるしかなかったんです……ヘリコプターでも使わない限り」

「私が信じるとでも思ってるのか――」

「あなたが信じようと、信じまいと、籠の中の鳥みたいにぐるぐるまわってようと関係ない。私は審問に出席した。警察にそうするよう言われたからです。それが終わった瞬間、私はまっすぐ帰って来た。そして今、私はここにいる。私にどんな用件ですか?」

編集長は鼻から重々しく息を吐き、ようやく口を開いた。「私は、このエレン・メルヴィルの件について調べている。どうやら、彼女は君の友人の奥さんらしいが。本当かね?」

「いいえ、彼は私の友人ではありません。何度か会ったことがある――それだけです」

「よく一緒に酒場へ行っていたと聞いたがね」

「では、それは間違いですよ。一緒にどこかに行ったことなどありません。ここ何年か、この近くの〈スリー・フェザーズ〉という認可を受けた酒場でたまに会ってましたが、酒を飲んで和やかに話しをするだけでした」

「今まで、奥さんを紹介されたことは?」

「ないです」

「それじゃあ、どうやって知り合ったのかね?」

「知り合いではありません」

「ばかげたことを。これまでに会ったことがあるはずだ」

「それについては絶対にないです。今まで一度も、亡くなったミセス・メルヴィルと会ったことはありません」

「でも、彼女はたびたび君に電話をしてたというじゃないか?」

「二回くらいで、たびたびとは言いません」クインが言った。

「わかった、それじゃ二回だ。もし、君が彼女を知らなかったのなら、なぜ彼女は君と話しをしたがったのだろう?」

壁に掛かった時計の長針が一時二十五分を指そうとしていた。クインが言った。「あんたに関係ない、と言うこともできるが……それじゃ、このむなしい取り調べを長引かせるだけだ。俺は腹が減っている。だから、代わりに警察に告げた答えをあんたにも教えよう。『俺は知らない』」

編集長は両手を机に叩きつけ、後ろに下がって言った。「それは答えじゃない。これだけは言わせてもらう。我々のスタッフの一人が、自殺を遂げた女性との芳しくない件に関わった場合は、私にも関係のあることだ。それについて間違わないでもらいたい」

「訂正です。私は関わってはいません。彼女が私を巻き込んだのです。私が犯した唯一の間違いは、彼女の悲しい身の上話に耳を傾けたことです」クインが言い返した。

「彼女は何を話したのかね?」

「最初は、彼女が夫を酒飲みに追い込んだ不出来な妻であり、道徳的に責任は自分にあると。夫はそのせいで自動車事故を起こし、刑務所に送り込まれたのだと。二回目は、あの夜、車を運転していたのは自分であると――ご主人ではなく」

「どうしてそんなことに?」

「彼女によると、彼が責任を取ると言い張ったそうです。とても男らしい――でも、愚かだ。全ての面において彼女は罪の意識を背負っていた」

「私は驚かないがね――彼女が誰かの子供を身ごもっていても」

編集長は、口を片側に押しつけるように考え深げに頰を撫でていた。クインが言った。「私を見ないでください。彼女のお腹の子の父親は、誰がなんと言おうと私ではありません。近頃、おかしなことばかり起こってる……。でも、これまで、電話でそんな事態になったことなどありませんからね」

「それでも、警察は彼女が君に電話をかけてきたことを疑っているのは間違いない」

「ことはそんなに単純じゃない。自殺ではないかもしれない、と警察は考えている。この件に当たっている刑事は、何がなんでも彼女は殺害されたと証明するつもりだ」

「誰に殺害されたと?」

「私です。他に誰が?　警察は、彼女の亭主が刑務所に入ってるあいだ、夜ごとに彼女の体を温めた男は、この私だと思ってるんです」

それについてじっくり考えたあと、編集長は言った。「なぜ、君は彼女を始末しようと思ったんだ?」

「私はやってませんよ。父親になる予定の男が、かわいそうなネル（ディケンズの小説『骨董屋』に出てくる不幸な少女リトル・ネルのこと）の力になる準備がなかったのかも……。そして、彼女は赤ん坊をあきらめることができなかった。または、あきらめる意志がなかった。従って、斬新な言い方をすれば——一石二鳥だったわけだ」

「それが、警察の見解だと?」

「そうです。そして、彼らはひどく落胆するでしょうね。もし、私に罪を着せることができなければ」

編集長は言った。「それは、私も同感だ」

クインは、ビーフサンドウィッチを食べ、半パイントのビターを二杯飲み、それから煙草をもらった。三杯目のビールを注文したとき、ぽっちゃりした女性バーテンダーが、店内の公衆電話に彼宛ての電話がかかってきていると告げた。

「誰が、いったい?」

「名前は言ってなかったわ。でも、オフィスからではないようよ」

「その方がいい」クインは言った。「一時半まであそこから出られなかったんだ。今、まだ二時になったばかりだ……」

彼は人混みを押し分けて、細長いラウンジの向こう端まで行った。煙草の灰が彼のレインコートの上に落ちた。電話ボックスに入り、ドアを引いて閉めたとき、調理場が閉まってしまう前にコニーにもう一つサンドウィッチを頼んでおけばよかった、と心の中で呟いた。二時に店が終わる……。まだ何か食べたい気分だった。

電話の声が言った。「一、二回電話をしたんだけど、君はいつもいなくてね。今回は、〈スリー・フェザーズ〉にいるって教えてもらったのさ」

クインが言った。「伝言を受けたことはないよ。いつ、電話したんだい?」

「ああ、伝言は残さなかったんだ。そんなに重要な話じゃなかったから。ただ伝えたかったんだよ、約束したのに連絡しなくて悪かったと思って」

「謝る必要はないよ。当然、やることがいっぱいあるだろうと思ってた。長く留守にしてたんだから」

パイパーは言った。「いや、本当はそのことじゃないんだ。妻が一緒に帰って来なかったんで、戻ってくるまで夕食の約束を一時保留にしなきゃならないんだ。もちろん、そのあいだ、君と私で、いつでも夜に会ったりはできるが……。でも、それとはまた別なんだ。君に妻と会ってほしいんだよ」

「こっちも楽しみにしているよ」クインは言った。「彼女はそこが気に入って、もう少し滞在することにしたのかい？」

「何があったかと言うと。私たちはバミューダに行った。そして、そこにいるあいだ、彼女はフロリダに住む旧友が結婚すると耳にしてね。私たちの滞在を知った旧友が、結婚式に招待してくれたんだよ」

「それは、いいじゃないか」

「でも、私にはちょっと無理だ。もうひと月仕事を休まなきゃならんから。結婚式は九月の三週目なんだよ」

「それで、奥さんだけ出席することにしたんだ」

「そうだ。彼女はちょっと渋っていたが、一、二週間くらい自分のことは自分でやると説得してね。実際、何年もそういう生活を経験してきたんだから」

クインは自分に言った……。『うまい言い訳だ。本当だってこともあるかもしれないが。一方で、面倒な状況を避けるには、そつのない方法だ。水と油が交わらないのは誰だってわかってる。この場合は、シャンパンとビールとでも言おうか？』

クインはパイパーに言った。「悪い意味に取らないでほしいが、君が今、気楽な独身生活だと知ってちょっとうれしいよ。君の時間を少しもらえないか。問題を抱えていてね、誰かの助けが必要かもしれない」

「もちろん、私にできることなら力になるよ。問題ってなんだい？」

「かなり厄介なことでね。この由々《ゆゆ》しき状況から抜け出すにはどうしたらよいか、君にアドバイスをもらいたいんだよ」

パイパーが言った。「もし、私のアドバイスが役に立つのなら、ぜひとも協力するよ。どういったトラブルなんだ？」

「まだ本格的なトラブルには巻き込まれていない。俺が不貞と殺人の罪を犯したんじゃないかという意見が高まりつつあるんだよ」

「真面目な話なのか？　これが何かのジョークなら――」

「そうなら、だれも笑ったりしないさ」クインは言った。


彼は二時半にヴィゴ・ストリートに着いた。パイパーから煙草をもらい、ミセス・エレン・メルヴィルの生と死についての物語を語った。

それは、短く筋の通った説明で〈スリー・フェザーズ〉で彼女の亭主に会った夜から始まり、アマーシャムの審問で終わりだった。パイパーは全て終わるまで、口を挟むことなく耳を傾けた。

それから、彼は言った。「君が火曜の夜にオフィスにいなかったのは残念だったな。もし、彼女と話していたら、自殺をしそうな雰囲気かどうかわかっただろう」

クインが言った。「そうだな。でも、俺はいなかった。だから話しもしていないし、どういう状態だったかもわからない。もし、話していたとしても、バイラム警部に彼女は自ら命を絶ったと、確信させる面倒な義務を負わされていただろうな。ミス・ガーランドが鍵のかかる音を聞いたって話が、彼にはどうしても引っかかってるらしい」

「でも彼女は、誰かが出入りしてる音を聞いたわけじゃないだろう」

「訪問者は、靴を履いてなかったのかもしれない」

「それよりも、彼女は半分眠っていて、全ては気のせいだったのかもしれない」

「さあ、どうだろう。いいかい、彼女は車に乗って誰かが出て行くエンジン音も聞いていて、他のフラットの住人だったのかもしれない、と言っているんだ」

「じゃあ、ロックの音も他のフラットかもしれない」パイパーが言った。

「考えようによっては。でも、もしそうなら、十二号室や十三号室と同じブロックにあるフラットに違いない」

「そうだとすれば、足音がするはずだ」

「そうとも限らない。誰かが空の牛乳瓶を置いたのかも」

「それが正しいかどうか、証明するのは難しくない」パイパーが言った。「亡くなったミセス・メルヴィルの隣人に話を訊いてみよう」

クインは呟き込み、短くなった煙草の端を口から出した。「君をわずらわせたくはないんだ。自分の仕事があるだろう」

「休暇から戻って、残っていた仕事はもう片付けたんだ。サットンデイルまでそんなに遠くはないし」

「恩に着るよ」クインは言った。

「いやあ、まだ何もしちゃいない」

「充分してくれてるとも。君が、疑いの目で俺を見ない最初の人間だ。バイラム警部もマカフィー巡査部長もミス・ガーランドもみんな、俺を青髭（シャルル・ペローの童話に登場する六人の妻を殺したという男）みたいに扱いやがる。オフィスでさえも今日、あの〈従うべき宿命の男〉が、俺よりも奴らの肩を持っていると感じたよ」

「そうか、彼は君の味方じゃないんだな？」

「そのとおり。俺が奴に君と会うことを話したら、あの無礼な野郎、なんて言ったかわかるか？」

「なんだって？」

「彼は二対一の割で、半クラウンかけると。俺がやったかどうか、ちゃんと聞くまでは、君は、はっきりと立場を示さないだろうって。もし、そうじゃなかったら……」

「そうじゃなかったら？」

「君は、『ばか』に違いないだって」クインは言った。

過ぎ去りし日々の記憶がパイパーの胸によぎった。孤独な日々、誰か頼れる人が必要だった。そして、クインはいつもそこにいた。彼が必要とするときは。柱石のように支えになってくれた。いつも理解してくれた。

パイパーは言った。「それじゃ、編集長に言ってくれ。私が『ばか』だって」


パイパーはいくつかの案件を将来参考にできるようファイルに整理した。二、三通の手紙文をテープレコーダーに吹き込み、巻いたテープスプールを持って廊下を進み、タイプ室へ行った。それから、バックス・コートのミス・ジーン・ガーランドに電話をした。

返事はなかった。何度か電話をかけ、机の上の書類を片付け、また一時間後、バックス・コートに電話をかけた。まだ返事はなかった。

四時十五分、彼はハイ・ウィカムの警察署に電話をした。バイラム警部は不在だったが、マカフィー巡査部長とは話しができるとのことだった……。

マカフィーは、警部が今、アリスバーリーにいることを告げた。「……もし、要件を教えていただけたら、お役に立てるかと思いますが」

パイパーが言った。「『モーニング・ポスト』のクインが、ミセス・メルヴィルの件で今日の午後、私に会いに来ましてね、警部にもお知らせしておいた方が失礼がないかと思いまして。何が起こったか、私の方でも調べてみるつもりです」

「なぜ、あなたが調べる気になったんですか？」

「クインとは数年来の知り合いで、彼が何か悪事を働いたと疑われるのが、どうにも納得できないからです」

堅苦しい役人らしい声でマカフィー巡査部長は言った。「でも、これは警察の問題です」

「保険契約がからむ問題でもあります。そして、あなたも充分理解できるでしょうが、それは私の仕事でもあるんです」

「恐れ入りますが、私には理解できません。今までのところ、ミセス・メルヴィルが保険に入っていたという話は聞かされておりません」

「そうです。でも、彼女の夫が入っていた。道路交通法のもと、彼は自動車保険に入っていた。彼が危険運転によって死亡事故を起こし、有罪となったとき、キングという男性の未亡人が、賠償金としてかなりの金額を受け取っている」

「それは間違いありません。それでも、まだ私にはわかりません——」

「考えを巡らせれば、そのうちわかりますよ、巡査部長。もし、あの夜、車を運転していたのがミセス・メルヴィルだったなら——彼女がクインに告白したように——彼女の夫は飲酒運転の罪に問われませんん。ひょっとしたら、彼女もまったく罪に問われないかもしれない、キング自身に事故の責任があるとすれば。そうであれば、保険会社は、どんな債務も引き受ける必要がなかったかもしれない。もう、おわかりになりましたか、巡査部長？」

「そうですね、あなたのおっしゃることはわかります。でも、これらは全てあなたが検証できない事柄に基づいております。恐れながら、私たちはまだ、ミスター・クインの証言だけしか得ていないのです」

「なぜ彼が、こういったことで嘘をつかなきゃならないんだ？　それで彼がどうなると言うんだ？」

「それは、私が言えることではありません、ミスター・パイパー。彼が嘘をついてるという意味ではありません。彼は誤解されているのかもしれない」

「経験を積んだ新聞記者が、そういった誤解を招くとは考えられない」

「おそらく、そうでしょう。でも、ミセス・メルヴィルは亡くなった。あなたがどうやって事件をもう一度洗い直そうとしているのか、私には理解できない」

保険の話は単なる口実に過ぎないと今更話しても意味がない、そうパイパーは思った。警察だってわかっているはずだ。

彼は言った。「私にもわからないんです。でも、試してみる価値はあります。ミセス・メルヴィルがアーサー・キングを轢いた少し前に、運転しているところを目撃した人が、どこかにいるかもしれません」

「それでも、彼女が事故のとき運転していた証拠にはなりません。けれども、こういったことは全て私の管轄外です。あなたから電話があったと警部に伝えましょう……。念のため、あなたの連絡先をお伺いできますか？」

「ええと、それはちょっと難しいですな。これから二、三日はほとんどオフィスにいないでしょうから。でも、もし何か興味深いことがありましたら、バイラム警部に電話します」

「ええ、それがよいでしょう」

パイパーが尋ねた。「ミセス・メルヴィルの主治医は、彼女がバルビツール睡眠薬を何カプセル飲んでいたかを明かしていますか？」

マカフィー巡査部長は言った。「恐れ入りますが、もし、その辺の情報がほしければ、バイラム警部とお話ししてもらうことになります。検視後の結果を公表する権限は、私にはありませんから。では、これで失礼します」


四時四十五分から五時十五分まで、パイパーは二度ほど、ミス・ガーランドに電話をかけた。二回とも応答はなかった。

五時半に食事をしに外へ出た。六時半にオフィスに戻ると、再びバックス・コートにかけてみた。今度は、女性の声が答えた「……もしもし、どなたですか？」

「私はパイパー――ジョン・パイパーという者です。保険査定員をしておりまして……。お電話で少しお話しできますか？」

「なんについてですか、ミスター・パイパー？　もし保険を売り込むのなら――」

「いえ、それは私の仕事ではありません、ミス・ガーランド。私は亡くなったミセス・メルヴィルの件について調査しておりまして、あなたの隣人だったとお伺いしたものですから」

「ええ、そうでした。でも、知ってることはもう全て警察にお話ししました。バイラム警部と呼ばれる警官に、昨日、かなりの長時間にわたって質問されました」

「そうですね、知っています。しかし、私は警察とは関係がありません。私が関心を持っているのは『モーニング・ポスト』のミスター・クインから聞いたことでして。あなたも、お会いになりましたよね?」

答えるまでに少し間があった。そして、言った。「ええ、彼は警察と一緒にミセス・メルヴィルのフラットにいました、私がそこを出たときも」

しばらくためらってから、彼女は続けた。「たぶん、こんなこと言うべきではないと思うんですけど、警察は、ミスター・クインを何か疑っているようでした」

パイパーが言った。「そのとおりです。私とクインは、ずっと以前から知り合いでして、この件について真実を知りたいのです。それで、私がそちらに伺ってお話しできたら、これ以上ないほどありがたいのですが」

「今夜?」

「はい……。もし、ご迷惑じゃなければ」

また沈黙があった。彼女が話すまで十秒ほどのあいだ、電話線のかすかな雑音が聞こえた。「お力になれるかどうか、わかりませんけど——いいですわ。どこからおかけになっているの?」

「ロンドンのウエストエンドです。一時間ほどでそちらに向かえると思いますが。それでよろしいですか？」

ミス・ガーランドが言った。「六時三十五分。……七時三十五分。それじゃあ、夕食を用意して片付ける時間がないわ。八時にしていただいた方が」

「あなたを急がせることがないよう、八時十五分過ぎにします」パイパーが提案した。

住所氏名録を調べると、ミセス・ジュディス・キングの電話番号と住所が載っていた。サットンデイルの彼女の家はローズバンクと呼ばれていた。

二回ベルが鳴る前に彼女が電話に出た。パイパーが自己紹介し、これから訪問してよいか尋ねると、彼女は言った。「いったい、なんについてお話しになりたいのでしょう？」

ミセス・キングの愛想のいい声には、本気で詮索しているような様子が感じられなかった。こういった状況には慣れているといった調子がうかがえた。

パイパーは言った。「間接的にご主人の死と関係があることなんです。ヒュー・メルヴィルの奥さんが一昨日亡くなったのをご存知ですよね？」

「今朝、新聞で読みました。とても悲しいことですわ。それでも、私と……それとも、主人が殺された事故と、なんの関係があるのか理解できません」

「もし、おじゃまさせていただいて、お会いできたら、何が起きたかお話しできます」

「いつ、いらっしゃりたいの？」

「ええと、今夜八時頃は約束がありますので、数分お時間をいただけるなら、九時過ぎでいかがでしょう？　もちろん、今晩お忙しいようでしたら……」

「いいえ、家におりますわ。九時から九時半のあいだならいいでしょう」

パイパーは思った。彼女はローズバンクと呼ばれる家に一人きりで住んでいるのだろうか。特にサットンデイルのような辺ぴな田舎に住んでいる場合は、夜のそういった時間帯に知らない人が訪ねてくるのを嫌がる女性もいるが、ミセス・キングは少しも気にしている様子はなかった。

おそらく女性は、夫を亡くすと自立への道を歩み始めるのだろう。他に誰か頼る人がいなくなると、必然的に新たな強さを築きはじめるのだ。彼女は飼い犬とともに家の中にいれば安全だと感じているのかもしれない。

ミセス・キングに礼を言い、電話を切ったあと、その最後の考えがいつまでも心の中でくすぶっていた。彼女の夫が命を犠牲にすることになった原因は、その犬だった……。もし、ヒュー・メルヴィルが法廷で真実を語っていたとすれば。ミセス・キングは犬を見るたびに、散歩に行って二度と夫が戻らなかった夜のことを思い出すのだろう。

犬のせいで夫の人生は終わり、彼女の人生もすっかり変わった……。もし、ヒュー・メルヴィルが本当のことを話していたとしたら。彼と彼の妻だけが、あの夜、サットンデイルの郊外で何が起きたかを知っている。

サットンデイルからバックス・コートへのひと気のない通りで何が起きたか、ミセス・メルヴィルは知っていた。車を運転していたのが夫なのか、妻なのか、どちらにしても違いはない。責任を負うべきは誰なのか、彼女は知っていた。

しかし、ミセス・メルヴィルはもういない。今や夫だけが知っている。

もし、電話でクインが聞いた話が真実なら、ヒュー・メルヴィルは妻を守るため、自分を犠牲にしたことになる。そして、引き換えに妻は恋人を得ていた。

それはひどく邪悪な裏切りだ。メルヴィルの立場に置かれたら、男は誰だって自分の身に起こったことを知って、気も狂わんばかりだろう。

もし彼が、何が起こったかまだ知らされていないとしても、すぐに知ることになるだろう。そうなったとき、刑務所から出たら彼はどうするのだろう。

車が停めてあるガレージに向かいながら、パイパーはミセス・メルヴィルと夫との関係について考え続けた。もし彼が激しい気性の男なら、刑務所から出てきて、妻が他の男の子供を身ごもっていると知ったらどうするか、彼女は怯えていただろう。その恐れは、彼女を自殺へ駆り立てるのに充分だったかもしれない。

あり得ることだ。他の女性だったら、そういった状況に置かれた場合、怒り狂った亭主に直面するより素早く別の逃げ道を選ぶのかもしれない。クインが話していたタイプの女性は、すっかり絶望して彼に救いを求めていた。自殺の可能性は非常に高い。

サットンデイルに向かう道すがら、パイパーの思考は不意に新たな方向へと向かっていった。恐れていたのは、エレン・メルヴィルだけではないのかもしれない。彼女の恋人も同じように不安を隠しきれない十分な理由があった。

彼女の夫に対する恐怖だけではない。社会的、職業的破滅というリスクがあった。もし、彼女が彼の名を公にすれば。

だから、警察はクインを疑ったのだ。誰かが彼女の恋人だった……。そして彼はすぐ手の届くところにいた。

その男が誰であろうと、彼は、まだ手のついてないバルビツール睡眠薬のことは知らなかった。たとえ知っていても、致死量を超えて飲ませることはできなかっただろう。
『……そして、男はミセス・メルヴィルが眠るまで待った。それからベッドから出て、窓を閉め、ガス栓を開いた。靴を腕に抱えて階段を降りていった。ミス・ガーランドが耳にしたのは、男がドアを閉めたときのエール錠の音だけだった。

外から鍵をかけるとき、ドアをしっかり締めて押さえ、受け口に突起部をそっと入るようにすれば、ロックする音を出さずに済んだかもしれない。しかし、メルヴィルが、フラットにあるはずのスペアキーが見つからないと言えば、疑惑が沸き起こる。

警察がどう考えたとしても、彼らを責めることはできない。説得力があるというだけではなく、それは、倫理にもかなっている。彼らの間違いは、クインを疑っているということだ。

その男が誰であれ、亭主が刑務所に入っているあいだにミセス・メルヴィルを訪ねてきたところをきっと誰かに見られているはずだ。一度限りの訪問ではないだろう。彼女は、初めて会った男性とベッドをともにするようなタイプでもなさそうだ……』

ミス・ガーランドは、誰がしばしば十二号室を訪ねたか、一番知っていそうな人物だ。警察は既に聞いているはずだが……。おそらく間違った答えを得ているのだろう。なぜなら、彼らは間違った質問をしたからだ。

第六章

彼女は手入れの行き届いた明るい色の髪と白い肌をしており、思慮深い瞳は笑うたびにキラキラと輝いた。感じの良い笑顔だった。

綺麗なだけでなく、パイパーにとって確かな魅力を備えていた。彼は完全に成熟した女性が好きで、ジーン・ガーランドは三十代前半くらいに見えた。また彼女は晩婚か独身といったタイプに感じられた。

フラットの小さな廊下にはアンティークのテーブルが置かれ、その上には黄色と琥珀色の菊を飾った花瓶が置かれていた。居間は、居心地よく家具が配置されていた。奥行きのある肘掛け椅子、ゆったりとした長椅子、色彩豊かな絵画、本棚が壁の端から窓までを覆っている。棚の低いスペースにはテレビがおさまっている。

ひだの付いたサテンのカーテンが窓を覆い、天井から床までのびている。反対側の壁には、照明灯があり、唯一の明かりを灯していた。部屋の片隅のフロアスタンド、テーブルの上のランプはスイッチが入っていなかった。

ミス・ガーランドはパイパーに椅子を勧め、照明灯に背を向けるように肘掛け椅子に腰かけた。

彼女は微笑み、綺麗に並んだ白い歯をちらりと見せて言った。「それで、ミスター・パイパー、あなたがお知りになりたいことって?」

「十二号室にいた、あなたのかつての隣人についてなんでもいいので話してください。あなたは彼女と親しかったのでしょう?」

「ええ、しばしば会ってました。本当にいい方で、彼女の身に降りかかったことについて罪悪感を感じています」

「なぜ、あなたが罪悪感を?」

「そうね、たぶん、彼女が私に秘密を打ち明けることができたら、あんなことにはならなかったと思うの。気分が落ち込んだりすると、女性は同性に話を聞いてほしいものだわ……。もう少し話を聞いてなぐさめてあげればよかった」

「彼女は、あなたに秘密を打ち明けようとしているようでしたか?」

「あまりそんな風には。でも、彼女が何か思い悩んでいるのは知っていたわ。詮索したくなかったし、無理に話をさせようとも思わなかった」

パイパーは言った。「友人のクインによると、彼女はいろいろな話をしたそうだが、彼はうまく励ますことができなかったようだ」

声にかすかに驚きをにじませ、ミス・ガーランドは言った。「おそらくミスター・クインは、私以上に彼女のことを詳しく知っていたんでしょうね」

「クインは彼女のことをまったく知らなかったんだよ。会ったことすらなかった。電話もはじめてだったんだ」

「それは、いつですか?」

「今月の初めです。十日にもう一度、電話がきた」

「彼女の要件は?」

「妻としての自分の力不足について話したそうだ。彼女は知っていたんだ。クインと彼女の夫が知り合いで、メルヴィルが事故を起こした夜も一緒に飲んでいたと。クインに話したところによると、亭主が酒を飲み過ぎたのは、彼女のせいらしい」

「そう、そういうことなのね」ミス・ガーランドから驚きの表情が消えた。

パイパーは言った。「私にもわからないんだ。なぜ彼女が君に話さず、他人に夫婦間の問題を話したのかが」

「そうね、確信はないけれど、たぶん彼女は夫がミスター・クインに何を話していたのか、知りたかったんじゃないのかしら?」

「君の言うとおりだと思う。彼女はそれが知りたかったんだ。メルヴィル夫妻のあいだには、あまり会話はなかったようだから」

ジーン・ガーランドは言った。「彼女は幸せじゃなかったんだと思うわ。ご主人は毎晩のように外出していたし、彼女は、ほとんど一人で家に残っていたし」

「そういった状態がどのくらい続いていたのですか?」

「一年くらいかしら。彼が――トラブルに陥る前から」

「彼が夜ごと、どこへ行っていたのか想像がつきますか?」

「そうね、彼はロンドンのブリッジ・クラブに所属してたから、トーナメントなどにもたくさん出ていたわ。それから、薬剤師会のメンバーで、何かの政治団体とか……他のことにも時間をとっていた。

会合に出席したり、ブリッジをしていないときは、サットンデイルの〈プラウ〉って店に行ってたみたい。バックス・コートの住人の多くがそこへ行ってるの」

「彼の奥さんから全て聞いたのですか？」

「そうです。たまに、ご主人のために弁明しなきゃならなかったようで。私が干渉することじゃないけれど——彼女が気の毒だと思った」

「彼女は、ご主人と一緒にまったく外出しなかったんですか？」

「ときおり、町まで行って映画を見たと聞きましたが、本当かどうかわかりません」

今やパイパーは、充分な予備知識を耳に入れていた。大部分はクインから聞いた話と一致していた。

彼は言った。「ミセス・メルヴィルはその夜、何か女性団体の会合に出席していたと伺っておりますが」

「ええ、あとでそのことは聞きました。国家児童虐待防止協会に関する何かみたいですけど。彼女は滅多に会合には出席しないらしいのですが、委員会の誰かがなんとか特別にそれに出てほしいと頼んだようです」

「分別のあるお考えですな」

ジーン・ガーランドは下唇を嚙んで彼を見てから、言った。「あなたのお考えはわかります。もし、ミセス・メルヴィルがその会合に行かなければ、ご主人は違う時間に帰ってきたかもしれない。事故は起こらなかったし……キングという男性はまだ生きていた」

「ミセス・メルヴィルもです」

「つまり、彼女は、キングの死になんらかの責任を感じて自殺を図ったと？」

「いえ、もし、ご主人が刑務所に入ることがなければ、彼女は他の男性と関係をもつこともなかったのでは、ということです」パイパーは言った。

ミス・ガーランドの柔らかなグレーの瞳が驚きに満ちた。「他の男性？　そんなのばかげてるわ。誰がそんなことを言ったんです？」

「友人のクインだよ。バイラム警部から聞いたそうだ。バイラムは、ミセス・メルヴィルの検死をおこなった病理学者から聞いたんだ。どんなにばかげてるように思えても、彼女に恋人がいたのは疑いようがありません。病理学者は彼女が妊娠三か月であることを明らかにしました」

ミス・ガーランドは片方の手をもう一方の手で包み、それを口にあててから、ようやく言葉を発した。「たぶん、あなたが考えられないくらい大きなショックです。そんなこと、考えもつかない——最も考えられないことだわ。相手の男性はだれか、警察は知っているんですか？」

「いえ、まだわからないのです。この方面で、あなたが力になってくれるのではないかと」

「私が？」彼女は素早く首を振った。「力にはなれないわ。どちらにしても、今となっては、それがなんだって言うの？　あなたが彼にできることは何もない。彼女は死んでしまった。誰もその男性が誰なのか証明することはできない」

パイパーは言った。「彼にとってはとても都合がいい……。そうですよね？」

今度は、ジーン・ガーランドは何の驚きも見せなかった。固い声だった。「ドアが閉まる音が聞こえたと、私が警察に言わなければ、彼女の死は自殺だと受け止められたはず。自分が間違っていたんじゃないかって思い始めているんです。あなたが私にたった今教えてくれたことで、なぜ、ミセス・メルヴィルが自ら命を絶つことを選んだか、理由がわかった気がします」

「でも、彼女は決してクインに話さなかった」

「どうして話せるというの？　女性が知らない男性に相談できるような話題じゃないわ」

「同じくらい不名誉な話題について、知らない男に話しても、なんの抵抗もなかったようです」パイパーが言った。「二回目に彼女がクインに電話したとき、事故の責任は夫にはないと打ち明けました。アーサー・キングが車に轢かれて死んだとき、車を運転していたのは自分だと」

疑惑が浮かび、ジーン・ガーランドの瞳に宿った。「あなたは、それを信じているの？」

「わかりません。本当かもしれません。あなたはどう思いますか？」

「あり得ない……。それが私の考えよ。絶対にあり得ない。彼女が引き起こしたことに対して、ご主人が責任を負うなんて。彼女を守るために彼が刑務所に入るなんて考えは、まったくばかげてるわ」

「それじゃあ、なぜ彼女はそんなことを言ったんだろう？」

ジーン・ガーランドはしばらくパイパーを見つめ、それから首を振った。自分の愚かさを彼女が哀れんでいるように彼は感じた。

彼女はこう言った。「男性が理解するのは難しいと思うわ――でも、私には理解できる。彼女は、この男性のことでものすごく罪悪感を抱いていた。でも、あなたの友人には、ご主人が刑務所に入ったあと、何があったか話すことができなかった。それで、彼女は他のことへと置き換えたのよ。わかります？」

「いいえ、私にはもっともらしい話とは思えません」

「それは、あなたが男性だからよ。彼女がミスター・クインに言ったのは、とにかく自分を恥じているってことでしょう。もともと最初はご主人の落ち度だった。なぜなら、彼は妻をひどくぞんざいに扱っていたのだから。でも、彼女はそんな風には思っていなかった。なんらかの形で償わなければならなかった……。混乱して怯えた状態の女性なら、充分考えられることだわ。女性だけにしか理解できないでしょうが」

「私にも、だんだんそう思えてきたよ」パイパーが言った。

「論理的な説明を求めなければ、もっとはっきり事態が見えてくるでしょうね。自殺をしようとしている人間に、論理的な考えなどまったくないのよ」

「そのとおりですね。しかし、警察や他の誰もが自殺だと認めると、クインはいつまでも疑いを持たれることになる」

「私が見た限り、彼はミセス・メルヴィルが選びそうなタイプとは思えない……」ミス・ガーランドは肩をすくめた。「あの、わかるでしょう、言っている意味が」

「単に外見だけでは、誰もクインを本当に理解することはできないよ。私はたまたま長年の知り合いだから、命を懸けて言えるよ、彼が事件と関係ないと。残念ながら、警察はまったく取りあっちゃくれないだろうが」

ミス・ガーランドは少しじれったそうな様子を見せた。「ミスター・クインは、いつミセス・メルヴィルを訪ねたって考えられてるのかしら？」

「今のところ、彼が訪ねた証拠はないんだ。たった一度、はじめて訪ねたのが、バイラム警部に呼ばれた日だと彼は主張している。クインを以前見かけたことがあるか、訊かれたそうだね？」

「ええ。だけど、見てないと答えたわ」

「でも、それは何の証明にもならない。君は日中、ここにいないみたいだから」

「ええ、朝八時半に家を出て、夜六時半までは戻らないわ……水曜以外は。その日は店が休みなの」

まるでパイパーの瞳に問いを見つけたかのように、彼女はつけ加えた。「私は、イーリングにあるモンゴメリー社の人事部長なんです」

パイパーが言った。「なるほど、先週の水曜日の朝、なぜ家にいたか、これでわかったよ。君とフランク・クロフォードが、寝室で亡くなっているミセス・メルヴィルを見つけたときは、かなり動揺しただろうね」

「いいえ、私は——」ジーン・ガーランドは身震いした。「私は見ていないの。ミスター・クロフォードが階段の踊り場で待っているようにと。彼がガス栓を閉めて、フラットの窓を全部開けるまで。そのあとも寝室には入らないようにと言われて。もう一度、彼女を見てくるから、そのあいだに私の部屋の電話で警察に電話し、救急車を呼ぶようにって」

「ミスター・クロフォードについては、どのくらい知っているのかね?」

「会ったのは、あの日がはじめてよ。ミセス・メルヴィルからちらっと聞いた話なんだけど、彼はアマーシャムの薬局を管理するため雇われたんだと。ミスター・メルヴィルが刑務所に入ってから」

「ミセス・メルヴィルは、日中ほとんど店で過ごしていたんだね?」

「そうよ。ただ見守っているだけで、たいして仕事はしてないと思うけれど。ミスター・クロフォードは資格もあるし、それに——」

ミス・ガーランドは一瞬口を閉ざした。彼女は顔にショックの色を浮かべた。「まさか、そんな! 彼が相手だなんておかしな考えを持ってるんじゃないでしょうね? 絶対にそれはない」

「どうして?」

「なぜなら、彼はその仕事についてすぐに結婚したって、彼女から聞いたわ。彼は、二十四、五歳くらいの若い男性で、結婚して数週間後に浮気をするなんて信じられない」

「そのようだね」パイパーが言った。「それじゃあ、他の可能性を考えてみよう。もし、ミセス・メルヴィルが日中外出しているのなら、訪問者は夜のあいだに立ち寄ったということになる」

「ええ、そうね。でも、おかしいわ、私は一度も見たことがないんですもの」

「なぜそんなにおかしいのかね？　君は毎晩家にいるわけじゃないだろう？」

「ええ。でも、普通だったら、いつか……」

「彼はそんなに頻繁に来ていなかったのかもしれない。代わりに彼女が訪ねていたのかも」

「おそらくは……。でも、彼女はめったに夜、外出はしなかった。ご主人が刑務所に行く前は、たいてい家にいるのが習慣だったの。最近は、薬局で長時間過ごしたあとはとても疲れるらしくて。夜は、だいたい私たち同じくらいの時間に帰ってきたから、立ち止まって一、二分おしゃべりしていたの。彼女、いつも言ってた。やっと足を投げだして休めるって」

「それは、ただの表面上の話かもしれない。再び外出しても、君は気付かなかったということも。夜、家にいるときでも、彼女の家のドアに注意を払っていたわけじゃないだろう」

「ええ、もちろん、そんなことはしてないわ。でも、私がどこかに外出したり、遅くに戻ってきたりしても、彼女の居間の明かりがついているのがいつも見えたわ。ガラスの羽目板から見えるのよ。玄関ドアと居間のドアの横にあるんだけど」

　パイパーが言った。「入って来たとき、気が付いたよ。君のフラットは十二号室と同じ間取りかね？」

「ええ……左右が逆なだけ」

「当然、そうだろうね。この六か月間に夜、ミセス・メルヴィルが外出したことが一度でもあったか思い出せるかね？」

ジーン・ガーランドは床を見下ろして考え、それから答えた。「私が知っている限り、思い出せないわ。でも、一度だけ、外出したのかしらと思ったことがあるの。でも、間違いだった」

「そのことについて、話してくれないか」パイパーが言った。

「ええと、ある夜、ベルを鳴らして――どうしてだったか、覚えてないけど――彼女の返事はなかった。明かりはいつものようについていたんだけど。次の日、階段で会ったら、お風呂に入っていたからドアのベルが聞こえなかったのだろうって。水の流れる音で」

「そういうことは、たった一度だけかい？」

「いいえ、二度目もあったわ……。でも、彼女にそのことは言わなかったの。きっと同じような説明が返ってくると思って」

「一度目はいつ？」

「だいたい――四、五か月前ね」

「そして、二度目は？」

「ええと、それは八月の終わり頃」

「両方とも、夜のかなり遅い時間に？」

「いいえ……。十時くらいよ。そんなに遅くはないはず」

「他のときにも、何度も返事がなかったはずだ」パイパーが言った。「でも、君はベルを鳴らさなかった。それで、彼女が家にいるかどうかわからなかったんだよ」

わずかに苛立ちを浮かべて、ジーン・ガーランドが言った。「彼女は明かりを全部つけっぱなしにはしないわよ――」

「つけっぱなしにする人は多いんだ。そうすると、泥棒を追い払えると勘違いしているからね」

「ミセス・メルヴィルは違う。浪費に関してはとても注意していたもの。それに、夜に運転するのは避けていたみたい。だからわざわざ車を出すなんて」

「何かはっきりとした動機があって、そういう例外に対応する準備ができていたのでは?」

「もし、そうだったら、こっちも気付いたと思う」

「どうして?」

「うちの寝室の窓がちょうどガレージを見下ろす位置にあって、彼女のところのドアはいつも閉まっていたから」

「それだけじゃ、なんの証明にもならない」

「あら、なるわよ。彼女は車を出すとき、いつもドアを開けっぱなしにしておくの。私もだけど」

「なるほど。それじゃあ外出するときは、歩いていったのかも」

「いいえ、二度目にベルを鳴らして返事がなかったときは違うわ」

「どうして、違うとわかる?」

「あの夜は雷が鳴ってひどい雨だった。雷が怖いって、彼女は前に言ってた。だから、一人きりでいるより、私が行ってあげた方が喜ぶんじゃないかしらと思って」

パイパーは、この二人の女性のあいだに存在する、なんとも繊細な関係が今や理解できるような気がした。一人は善意を抱き、もう一人は罪の意識と恐れを抱いていた。まったくの善意から、親切な隣人がエレン・メルヴィルのプライバシーを奪っていたのだ。

『……いつベルが鳴るか、彼女には予想もつかなかった。ドアを開けて親切なミス・ガーランドを招き入れるたび、幾度となく彼女の心は沈んだことだろう。ミス・ガーランドがベルを押し、十二号室に誰もいないのを確認する危険があるため、彼女は何度怯えながら恋人のもとへ向かったことだろうか？

一度、自分を必要としてくれる人と恋に落ちれば、ミセス・メルヴィルに友人など必要なかったのだ。彼女は彼を愛し、また彼も自分を愛してくれていると勘違いをした。自分の夫にいつもないがしろにされ、やがて夫が刑務所に入ると、空っぽのフラットで完全な孤独にさいなまれ、優しくしてくれる男性がいれば、どんな人にでも愛情を抱いたに違いない――優しく思いやりのある男性なら、誰でも。

そして、最初は彼も優しかったのだろう。彼女が慕う最も大切な人……。妊娠したと告げるまでは。それから幻滅を味わい、彼女は苦しんだ……』

彼女に終わりがやってくるのは、想像するに難くない。彼女は捨てられ、途方にくれた。関係を続けるのは不可能だった。クインや警察がどう考えようと、パイパーにはわかっていた。エレン・メルヴィルに残されていた道は、たった一つだった。

使われていないバルビツールのカプセルはこの際関係ない。どのように彼女が死に至ったのか、どのように死ぬことを選んだのか、わかったところで何の違いも生じない。絶望的な状況の女性は、もはや生きる意志をもっていない。

彼は椅子のそばの床から帽子を拾いあげた。立ち上がって言った。「お話ししてくださったことに感謝します、ミス・ガーランド。この不幸な事件がどのような経緯を辿っているか、今ではかなりはっきり見えてきました」

彼女は頭を後ろに傾け、彼を見つめた。声に共感を込めて彼女は言った。「彼女が自殺だってこと、同意していただけます?」

「はい、同意します。でも、私の問題は警察を納得させることです」

「それはそんなに大きな問題ではないでしょう。彼女には充分な理由があるじゃないですか?」

「ええ、あると思います」パイパーが言った。「でも、もっと他に必要かもしれません」

「どうやって、見つけるつもり?」

「ヒュー・メルヴィルが飲み過ぎたあの夜、実際何が起こったのか、それがわかればクインを窮地から救うことができるかもしれない。それより更によいのは、誰がエレン・メルヴィルの恋人だったか、その正体をつきとめることです」

ミス・ガーランドはドアへ向かった。ドアを開けると、柔らかな茶色の瞳に悲しみをたたえ、パイパーを振り返った。

彼女は言った。「自分が知っていて、そして好きだった誰かが死のうとしていて、それに気付かなかったなんて悲劇だと思いません?」

「君には知るすべもなかった」

「残念ね。もし、予測できたら、何か助けてあげることができたかも。悩みを抱えていても一人じゃないとわかっていたら、こんなことにはならなかったかもしれないわ」

パイパーは言いたかった。ミセス・メルヴィルが一番助けを必要としていたとき、それができるたった一人の人……それはジーン・ガーランドではない、と。クインは、ぎりぎりのところで彼女を引き戻せたかもしれないが、それも確かではない。それに、いずれにせよ、彼女が生きていた最後の夜の電話を受けることができなかったのだ。

どこかに男がいた……。そんなに遠くないところに。もし、男がここに来ることができなければ、彼女が行ったはずだ。嵐の夜、彼女は車を使わなかった。亡くなった夜、彼女は濡れていなかった。マカフィー巡査部長は言っていた。あの夜は十一時から朝の四時くらいまで激しく雨が降っていたと。でも、フラットに濡れた衣類はなかった。

彼女はどこにも出かけなかったという可能性は残る。しかし自分の人生を終わらせるのにその夜を選んだ……。他の夜ではなく……。考えられるのは、絶望しながら最後に訪ねてみたものの拒絶されたということだ。

おそらく、彼女がフラットに戻って来たとき、『モーニング・ポスト』に電話をし、クインと話したいと告げたのだ。しかし、クインはそこにいなかった。

『……そこで、彼女は窓を閉め、ドアの下に絨毯を置き、ガス栓を開いた。それからベッドに行き、二、三錠の睡眠薬を飲みこんだ——箱に入っていた最後の数錠を。

彼女を眠らせ、命を奪うのには充分だったのだろう。寝室がガスで満たされ、シューシューとガスが噴出する音は雨の音にかき消された。雨の降る夜の時間、誰も邪魔は入らないと彼女は知っていた。誰も電話はしないし、夜が明けるまで訪れることもない。朝になったら、全てはもう手遅れだと……』

パイパーが踊り場まで出ると、ミス・ガーランドが言った。「たぶん、彼女が手紙も遺書も残さなかったのは、そういうことだと思うの。そのとき、思ったんだけど……」

彼はミス・ガーランドを見た。心の片隅では、まだどこか遠くに思いを巡らせていた。パイパーは言った。「すまないね、ちょっと他のことを考えていて。なんて言ったんだい？」

十二号室のドアを見つめ、ジーン・ガーランドは言った。「ちょっと気が付いたことがあるの。どうしてこんなことになったのか、ミセス・メルヴィルがなぜ遺書を残さなかったのか。自殺する人は、たいていそんなものを残すんじゃないかしら？」

「必ずしもそうとは限らないよ」パイパーが言った。

「あら、そうするものだと思った。よく新聞に出ているし、検視官がそういうことについて報告しているじゃない」

「しばしば、載っているよ、確かに。でも、多くのケースではそうしない」

「でも、考えたの――」彼女は再び十二号室のドアを見つめた。「ガスが充満している部屋は爆発する危険があるわ。彼女ならドアの外にメモを貼るとかしないかしら？　誰かがマッチを擦ったり、ひどい怪我をしないために」

パイパーが言った。「彼女ならどうするか、私にはわからないよ。ミセス・メルヴィルを知らないからね」

パイパーはそろそろ出て行きたかったが、無礼な態度を示すつもりはなかった。ミス・ガーランドは礼儀正しく接してくれた。彼と話すのを拒否することもできたのに。

彼女が言った。「そうね、もちろん、あなたは会ったことがないから。とにかく、彼女は理性を失っていた。そうじゃなければ、あんなことはしなかった……。そうよね？」

「人はそんな風に考えないだろう」パイパーは言った。「でも、ミセス・メルヴィルがなぜ遺書を残さなかったか気が付いたって、どういう意味だい？」

「ええ、もっと彼女のために何かできたんじゃないかしらって考えてたの。そうしていたら、彼女は孤独を感じなかったかもって。彼女が手紙も何も残さなかったのは、そういうことかも。そう思うと、なんだか余計に悲しいじゃない」

パイパーは言った。「そうだね、彼女には、さよならを言う人が誰もいなかったんだ」

第七章

空気に秋の匂いが漂う、穏やかで静かな夜だった。バックス・コートの外側の車を停めていた場所には枯葉の絨毯が歩道を覆い、フラットのブロック壁よりも高くそびえるオークの木のまわりにも、うずたかく積み上がっていた。

少しのあいだ、彼は立ち止まって、ミス・ガーランドの居間の窓を見上げた。きっちりと閉められたカーテンの片側の隙間から、わずかな明かりがこぼれていた。上の階の二つの部屋は、どちらも明かりが灯っていた。十二号室は、すべてが闇に閉ざされていた。

ヒュー・メルヴィルは刑務所から釈放されたとき、ここに戻ってくるのだろうか？　彼の結婚がどんなに不幸だったとしても、この場所は、かつて彼の家庭だったのだ。今や家庭とは言えないだろうが。

彼が賢明なら、どこか他の場所へ移るはずだ。ここの隣人たちは、話題にことかかないだろう——酔っぱらった亭主は危険運転で人を死に追いやり、妻は他の男の子供を身ごもり、自殺を遂げた。ヒュー・メルヴィルは、いつも背後で誰かが囁いている気配を感じるだろう。

彼がアマーシャムの店に戻ったとしても、あまり良い状況とは言えない。しかし、客は近隣の人間ではない。薬局を売って、全てから逃げだすこともできる。世界は広い……一人の男がもう一度やり直せる場所はどこにでもある。

それから、他の人間があのフラットに移ってくるだろう。生きることを恐れた女性が死を選んだ場所に。誰かが亡くなって間もない場所に居を構えるのはどんな気持ちだろう、とパイパーは思った。新来者は移り住むまで知らないかもしれない。それまでは何もできることはない……。例え、どうにかしたいと思っても。

女性がそのフラットの寝室で自殺したからといって、心配する人はそんなにいないのかもしれない。近頃、幽霊を信じる人なんてほとんどいないはずだ。いたとしても、エレン・メルヴィルを恐れる必要などほとんどないのだ。

黄色い満月の明かりのもと、ゆっくりサットンデイルへの道を運転していった。両側には、刈り入れが終わった景色が広がり、切り株だけが残されていた。南へ向かう高台には、星空を背景に木立ちがくっきりと浮かんでいた。

スピードを上げず、トップギアのまま、村の遠くの明かりを目指して車を走らせた。そしてずっと、どこでアーサー・キングが轢かれたのだろうかと、その場所に目を光らせていた。

そこには何も見るべきものはないだろう。警察がすでに全て調べている。風や日差しや雨に数か月さらされ、痕跡を消し去ってしまった。しかし、もし、アーサー・キングが死に至った瞬間の、その雰囲気をもう一度想起することができたなら、なんらかの役に立つのではないかとパイパーは漠然と感じていた。

バックス・コートから半マイルのところで、彼は車から降りた。道路の片側に小さな茂みがあり、一月の凍りつく冷たい夜、ミックと呼ばれる犬が何かをあさっていたのは、どうやらその辺りらしかった。メルヴィルが裁判で述べていたのは、この場所だ——クインが話していた場所だ。

懐中電灯を照らしながら、月の光で翳った地面を一つ一つ調べ、あの夜、何が起きたか、その痕跡をパイパーは探し出そうとしていた。何も見つからないかもしれない。……でも、時間はたっぷりあった。まだ九時を過ぎたばかりだ。

自分の抱える問題にとって何か価値のある発見があるとは、たいして期待していなかった。今ではもう、道路わきの土手のタイヤ跡も、雑草や芝生で覆われていた。道路にあったタイヤのスリップ痕もずっと前に消えてしまったに違いない。

十分も経つ頃には、何も見つけられないことがわかった。目に見えるものなど何も残っていないのだ。彼は車に戻り、穏やかに浮かぶ月を見つめながら、心の中であれこれ考えていた。アーサー・キングが亡くなった、あの夜の出来事から心は遠く離れていた。

再び、ジーン・ガーランドの声が聞こえてきた。

『……彼女はなんらかの形で償わなければならなかった……。混乱して怯えた状況の女性なら、充分考えられることだわ。女性だけにしか理解できないでしょうが』

彼は自分に言った。きっとそうなのだろうと。どんな男でも女性を百パーセント理解することはできない。しかし、理解はできなくても、一つわかることがある——ミス・ガーランドがどうやら把握していなかったことだ。ミセス・メルヴィルは混乱しても怯えてもいなかったはずだ。

『……望まない妊娠は、近頃の合法化された中絶を考えると、自殺の理由とはならない。彼女はきっとドクター・ホイットコムに相談していたはずだ。相談したものの、彼は断った。なぜなら、彼女の場合は法の許容する事例ではなかったからだ。

もしそうなら、どこか他のところに助けを求めなかったのか。お金がまったくないというわけでもない。バックス・コートに住む住人は貧困層ではない。近頃では、望まない妊娠はお金さえ払えば、診療所で慎重な手術を受けられるはずだ。

ミス・ガーランドが理解できると言っているのは結構だが、彼女が本当に理解しているとは思えない。ミセス・メルヴィルは、唯一の逃げ道が自殺だと考えるほど怯える必要はなかったはずだ。誰にも知られずに赤ん坊をおろす理想的な状況にあったはずだ……』

パイパーがどちらを向いても、いつも同じ答えに辿り着く。しかし、それが間違った答えだとわかってもいる。もし、ミセス・メルヴィルに自殺する理由がないとすれば、誰かが彼女を殺したという理由も同様にないのだ。

『……彼女はクインに話していた。夫がもう刑務所に来ないように言ったと。彼はあと六か月、出所できないはずだ。彼女は手術を受けて、夫が釈放される前に全てを済んだことにしてしまえばよいのだ。彼はその件についてまったく知る必要はない――結婚生活を再開すると仮定すれば。もし、そうじゃないとしても、問題はさほど大きくはない。

彼女の恋人には、殺害に訴えるような動機は何もない。ミセス・メルヴィルは恋人にそれほどプレッシャーをかけなかったはずだ。離婚して彼をスキャンダルに引きずり込む前に、彼女を消す必要などなかった。

彼女が心から彼を愛していて、彼なしでは生きていけない、というのではない限り。もしそういうことなら、またスタートに戻ることになる――自殺の可能性も殺人の可能性もある……』

しかし、それはばかげている。そういうのは、のぼせ上った若者がするようなことだ。成熟した既婚女性は、恋人が関係から手を引きたいと言っても、自殺することはないだろう。同様に、ただ自由になりたいがために、殺人まで犯すほど恋人を追い詰めたりはしないだろう。ということは、殺人でも自殺でもない。そしてまた、ばかげた考えだが……事故でもない。

彼の考えは堂々巡りを続け、袋小路から抜け出せないでいたが、やがて、抜け出す道などないのだと自分に言い聞かせた。失った断片を見つけ出さない限り、決して答えは出ないのだ。

『……睡眠薬を処方した医師なら、助けになってくれるかもしれない――もし、彼にその気があれば。彼の名前はなんだったろう？　確かクインが言っていた。ホワイトなんとか……いや、ホイットコムだ。そうだ。彼なら答えられるだろう。ミセス・メルヴィルが赤ん坊のことについて相談したか。合法中絶について手配してもらえるよう頼んだかどうか。そのことさえわかれば、彼が拒んだかどうかは問題ではない。例え拒まれても彼女を止めることはできない……』

真実を話してもらうよう、ホイットコムを説得するのは可能だろう。彼女が生きているあいだは、職業倫理から秘密を守らなくてはならない……。例え、彼女の夫も患者であったとしても。しかし今、ミセス・メルヴィルは亡くなった。そしてまもなく、彼女が妊娠していたと誰もが知ることになる。死因審問が再開されたとき、自殺の動機として、そのことが取り上げられるだろう。

ぐるぐる、ぐるぐると……車輪のようにまわり、いつもそれは同じ場所で止まる。考えを進めれば進めるほど、何一つ確信が持てなくなってくる。

たぶん、全てはアーサー・キングが、酔っ払い運転の車に轢かれたところからはじまったのだろう。おそらく、ミセス・メルヴィルは、そのショックから完全に立ち直れずにいたのだ。ドクター・ホイットコムが知っているだろう。

そして、その事故のすぐあと、ミセス・キングがそこにいた。彼女が空白となっている部分を埋めてくれるかもしれない。少なくとも、彼女はエレン・メルヴィルの人生の模様の一部をなしているのだから。

彼はエンジンをかけ、サットンデイルの明かりの方へ車を走らせた。九時二十分、ローズバンクと呼ばれる家の外に車を停めた。

九時二十分になり、クインは、その日の仕事はもう充分だろうと考えた。メモをピンで留め、記事の草稿とともにクリップではさみ、その束を引き出しに入れた。それから階段をおりていった。

特集記事担当の男が言った。「所得税申告の際、あんたを扶養家族としてなんとしても申告すべきだな。ただ、親戚だと思われちゃかなわん……。ファイルを入れるトレイに一箱入ってる。勝手に持ってけ」

クインは言った。「ありがとう。そのうち感謝のしるしに、ちゃんと君にも買って返すよ」

「気にすんな。俺ももうそんなに若くない。心臓発作でもおこすかもしれない。どこか行くのか?」

「ああ、電話を一本かけに。それからそっと抜け出して、しばらく足でも休めるよ。みんな俺が一時間で戻ってきて、何か新しいことでも起きてないか確かめようとするんだ」

男は言った。「わかった。俺にも一つ頼むよ……」

ミス・ガーランドは電話中だった。クインは数分待って、もう一度試してみた。

今度はつながった。ミス・ガーランドが言った。「もしもし。あら、ミスター・クイン。たった今、あなたのお友達がここに来ていたのよ――パイパーって人。彼から聞いたけど、ミセス・メルヴィルの今回の事件で、あなたが大変なトラブルに巻き込まれているって」

クインは言った。「人は生まれつき苦しみを背負っている、火の粉が舞うに等しく。『ヨブ記』第五章七節だよ」

「なんですって？」

「なんでもない」クインは言った。「つながりが悪いな。ちゃんと聞こえるかい？」

「ええ。あなたには興味深いでしょうけど、ミスター・パイパーも私と同じ考えよ。彼の意見でも、ミセス・メルヴィルは自殺だって」

「それじゃあ、彼がバイラム警部を説得できるよう祈ろう。パイパーがそこを出てからどこに行ったか、何か聞いてるかい？」

「いいえ、何も言ってなかったわ。彼と話しがしたかったの？」

「いや、特に。俺が知りたいことを知っているのは君だ。……もし、君が教えてくれるなら」

「もちろんよ。でも、ミセス・メルヴィルのことなら――」

「いや、違うんだ。他の隣人たちについて」

「どんなことを？」

「彼らが誰か、どんな仕事をしているか……。そういったことだ」

受話器から耳触りな雑音がしばらく続いた。それから、ミス・ガーランドは注意深く答えた。「みんなのこと、そんなに多くは知らないの。ミセス・メルヴィルとはよく話したけど……他の人は、名前とほんの少しのことしか」

クインが言った。「ほんの少しのことが、どれくらい多くを物語るか……。ブラウニング（ロバート・ブラウニング。一八一二～一八八九。英国の詩人）がそう書いている。この場合、それが真実であることを願うよ。まず、彼らの名前から始めようか？」

彼女は少しためらい、そして言った。「あなたはおかしな人ね——友達のミスター・パイパーとは全然違うわ」

「彼がそれを聞いたら喜ぶよ。それじゃ、彼らが誰で何をしているか、教えてくれないかな。そうしたら、もう君のじゃまをしないし、ゆっくりテレビが見られる」

「あら、そんなこと心配しないで。今夜はテレビもつけてないから。オフィスから持ち帰った仕事を片付けているの」

「悪い習慣だね」クインが言った。

「家に仕事を持ち帰るのが？」ミス・ガーランドは笑った。

クインは彼女の笑い方が好きだった。そう考えると、ジーン・ガーランドについては好きなところがたくさんあった。彼女が自分をおかしな男だと思っているのは残念だ。

『……いい子だ。まさにタイプだ……。例え、俺が彼女のタイプじゃないとしても。パイパーが何を思うかが想像できる。ああいうタイプと結婚して落ち着け、と俺に言うだろう……』

「私、よく家で仕事をするのよ。ここじゃ気を散らすこともないから」

「今日は別だね」

「ええ、そうね。実際そんなにはかどってなかったの」彼女はまた笑った。「でも、そんなに問題ないわ。特別、急いで終わらせる必要もないし」

「そうだろうが、ずっと電話に引き止めるわけにはいかないな。それじゃ俺を追い払うために、君のことから始めようか?」

「あら、それは長くかからないわ。私はイーリングにあるモンゴメリー社の人事部長よ」

「あの小売店の?」

「そう」

「そしてミセス・メルヴィルは? 彼女はただの主婦?」

「ご主人が刑務所に行ってからは違うわ。この六か月間、アマーシャムの薬局で仕事に就いていたみたい」

「でも、彼らは仕事を管理するのに、訓練を積んだ薬剤師を雇っているんじゃなかったかな?」

「ええ、私が思うに彼女は補佐的な役割で、小切手にサインしたり、だいたいは仕事の財政面を見ていたんじゃないかしら」

クインは言った。「わかった。十二号室、十三号室はいいな。それじゃあ、一階の人達は?」

「十号室がミセス・キッチン。彼女は未亡人でけっこうなお年よ。十一号室はボズウェル夫妻。彼は編集者だったかしら……。職業については、確かじゃないわ」

「なるほど、大変よろしい。それじゃ、上の階だ」

「上の階の人たちについてはあまり知らないの。何週間もまったく見ないこともあるし。十四号室はうちのすぐ上で、彼女とはこれまで四、五回くらいしか話したことがないわ。彼女は四十代。少し前にご主人を亡くしたらしいけれど、突然の病気で。とてもきれいな人よ。でも、あなたはそういったことにあまり興味がなさそうね」

「たまには、そういったときもあるさ」クインが言った。「でも、今は違うね。十五号室には誰が?」

「ヘーグって名前の人よ。終わりに『H』がつく綴り。一度、彼宛ての手紙がこっちに来たことがあって」

「彼は何を?」

「一、二回しか会ったことがないの。見た目は悪くないわね。誰かが言ってた――ミセス・メルヴィルだと思うけど――彼はクラブで働いてるとか。でも、そこで何をしているのか、本当かどうかもわからない」

クインが言った。「進行状況としては充分だ。とても助かったよ、ミス・ガーランド。知りたかったミセス・メルヴィルのまわりの枠組みが、君のおかげではっきりしてきた」

笑いを含んだ声でジーン・ガーランドは言った。「お礼なんていいのよ。他の住人の方が私よりももっと詳しく教えてくれるかもしれないわ。言ってみれば……私はかなり自己充足的な生活を送っているから」

「ミセス・メルヴィルが、君を手本にしなかったのは残念だ」クインが言った。「彼女はまだ生きていたかもしれないのに」

第八章

ローズバンクは石造りの平屋の家だった。クリーム色の窓枠に傾斜のある緑の屋根。サットンデイルに続く道からは、かなり引っ込んだ場所にあり、優雅な庭がなだらかに道路へと続いていた。

ポーチの内側に明かりの灯ったランタンがぶら下がっていた。パイパーが長く急な車道を上っていくと、ラジオの音が聞こえてきた。

おそらく音楽にまぎれてブザーの音が聞こえないのだろう。三回目のブザーを押そうとしたところでドアが開いた。

光沢のある黒い髪、黒い瞳に少し窪んだ頬が口を引き立てている。彼女の顔立ちと肌の色から、パイパーは彼女がイタリア系だと推測した。静かなイギリスの村で、こんな気品ある女性に出会うとはまったく予想していなかった。

彼は言った。「ミセス・キングですか？」

「そうです」彼女は微笑み、目が輝きを放った。「ミスター・パイパーですね。どうぞお入りください……」

ホールは広く半円形になっていて、その向こう側にいくつかのドアが開いていた。ミセス・キングはパイパーを床から天井まで壁三面の棚に本が並ぶ小さい部屋へと案内した。レザートップの机が窓に向かって置かれていた。二つの安楽椅子、台座のついた灰皿、机の上には笠のついたランプ。書棚のあいた部分にラジオが置かれている。ランプが、その部屋の唯一の明かりだった。彼が家に近付いたとき、聞こえていたのはこのラジオだった。

彼女はラジオのスイッチを切り、座るように勧め、もう一方の椅子に腰をおろした。パイパーの目に称賛の色が浮かび、ミセス・キングがそれを読み取っているのが常に感じられた。

彼の質問に答えるかのように、彼女は言った。「ここは主人の部屋だったんです。あの夜――彼が死んでから、この部屋には二度ほどしか入ったことはありませんでした。あなたの電話で思い出したんです。もう何か月もこの部屋を使っていないと……。それで、そろそろ不健全なことをやめる時期だと思ったんです。健康に良くない習慣だと思いません？」

パイパーが言った。「そうですね、ベッドに横になって死んでしまうわけにはいきません。愛する人が亡くなったからと言って」

「ええ、みんなが私にそう言いますわ」

彼女は机とカーテンのかかった窓を見つめ、並んだ本に目を移して、言葉を続けた。「おかしいわね。彼の人格がまだこの部屋に住み着いているみたい。多くの時間を過ごしたこの部屋に。少し前にここに入って、とても気分が落ち込んだの。ラジオをつけなくちゃいられないぐらい」

「それは、自然なことです」パイパーが言った。「つらい思い出を呼び戻させて申し訳ない。できるだけ早く終わらせます。質問をいくつか――それだけです」

「お好きなだけ質問してください。……でも、ミセス・メルヴィルについては何も知りません。彼女が突然亡くなったということ以外は。彼女の死に何か不審な点があるのでしょうか？」

「ある意味——そうです、あります。でも、それであなたは何を思いましたか？」

ミセス・キングは足を伸ばし、一本の足をもう一本の上に交差させてから、目と目の間に少し皺を寄せ、パイパーを見つめて言った。「全ての出来事を思い起こしました。最初に審問が延期となり、そして今、彼女の話をするためにあなたがここにあらわれた。明らかに何か普通じゃないことが起こったかのかもしれない。それとも、それほど騒ぐことではないのかもしれない。正しいかしら？　それとも間違ってます？」

「もちろん、正しいと思います。このようなばかげた質問をすべきではなかったですね」

「私の方こそ、そうでしたわ」彼女は手の甲を口元に寄せた。「ミセス・メルヴィルがどのように亡くなったか、私が知る必要はないでしょうから、干渉せずにおりますわ」

これは情報を引き出そうとするよくあるやり方だった——多くの女性が使う手だ。ジュディス・キングは他の女性と違うように見えたが、やり方は同じだった。

彼は心の片隅で、彼女の結婚生活はどんなものだったのだろうと考えていた。彼女はきれいで、身だしなみにも気を使い、格式ある学校を出たような話し方をする。

『……声も魅力的だった。全ての面において生まれつき恵まれた資質を持っている。どんな男性も彼女を好ましいと感じるだろう……。例え、その反応が形式的であるとしても……』

そんなことはばかげている。誰も——もし彼が自分自身に正直だとして——魅力的な女性に対する彼の反応が、どう見ても形式的とは言えないだろう。どんなに忠実な夫でも所詮は男だ。結婚しているということは、生まれながらの本能が衰えているわけではない。

『……アーサー・キングはどんな男だったのだろう？　かなり裕福だったに違いない。もし彼女がこういった家や、身に着けている高価な服や宝石も手に入れられないような男性と結婚していたら、と推測してみると興味深かった。贅沢な環境に身を置かない彼女など想像できなかった……』

何の保証もない考えが不意に浮かんだ。アーサー・キングは、お金に見合う価値あるものを手に入れていなかったのではないか。女性の魅力というのは表面的だけかもしれない……ミセス・キングのように。彼女は自分自身にしか興味のないタイプに見えた。人から与えられるだけで、何も与えようとはしないタイプ。

『……俺は随分、公正を欠いているかもしれない。夫を亡くして、当然大きな変化があっただろう。今の彼女には興味の対象は自分以外誰もいないのだ。内にこもった態度を取るのは当然と言えば当然だ。歳は三十四、五歳といったところか……。おそらく結婚生活もかなり長かったことだろう……。彼の死から立ち直るには、八か月は充分とは言えない……』

しかし、近い将来、彼女はアーサー・キングの代わりになる誰かを見つけることになるはずだ。女性は一夜の悲劇をいつまでも心に秘めておくものではない。

ミセス・キングが話していた。「……ミセス・メルヴィルのことは名前しか存じあげませんけれど、少しは同情もしていました。もちろん、最初はそんな風には。自分の悲しみのことしか考えられなくて。でも、ショックから立ち直ってみると、彼女もかなりつらいときを過ごしたのだと気付いたんです」

「私が聞いたところでは、かなり参っていたそうです」パイパーが言った。

「そうでしょうね。酒飲みのご主人と結婚されていれば、充実した生活などおくれませんもの。ましてや、服役中ともなれば……」ミセス・キングは自分の細く美しい足を見おろし、まるで冷たい風にあたったかのように身震いした。「どうして、そのような男性と結婚なさったのかしら?」

「おそらく、いつもそうだったわけではないと思います」パイパーが言った。「結婚生活がうまくいっていない人は大勢います。ある男は離婚し、また他の男は酒を飲み……その理由で私はここに来たのです。もし、お差し支えなければ、あなたのご主人が亡くなった夜のことをお話しいただけませんか?」

緊張した表情がミセス・キングの顔に浮かび、両手が落ち着きなく動いた。彼女は言った。「忘れようとしているんです」

「充分理解しています。約束します。相応の理由もなく、事件をむし返したりはしないと」

「あの女性の死と何か関係あるのでしょうか?」

「はい、ある意味そういうことになります。いいですか、二、三週間前、彼女は新聞記者である私の友人に電話をかけ、みんなが間違っていると告げたそうです。ヒュー・メルヴィルに事件の責任はないと。彼女によると――」

「――主人の責任だったのよ」ミセス・キングが言った。「前にすべて聞いたわ。メルヴィルの弁護人に。でも、陪審員はそれを却下したんです。もし許してくださるなら、ミスター・パイパー、その安っぽい話はもう二度と聞きたくありません。真実は彼がお酒を飲み過ぎたということです。運転すべきではなかったんです。私が決して理解できないのは、なぜ彼の妻が運転を許したかということです」

「それが、すべての核心なんです」パイパーが言った。「彼女は私の友人に言いました。あの夜、彼女はご主人に運転をさせなかったと。あなたのご主人が轢かれたとき、彼女が運転席にいたんです」

憤慨したミセス・キングの顔が驚きに変わった。それは一瞬だったが。

疑いの声で彼女は訊いた。「あなたは、それを信じていらっしゃるの?」

「いいえ、まだどちらとも決めかねています。ただ、もしかして真実かもしれないと思う理由は、嘘をつく彼女の動機がまったく思い浮かばないからです」

「彼女はご主人を護りたかったんですわ。それが充分な動機なのでは?」

「刑務所で六か月過ごしたあとでは、考えられません。彼を擁護するなら、逮捕されたときにしていたと思います」

ミセス・キングは薬指を飾る一粒のダイヤモンドをいじりながら、その眼は何も見てはいなかった。それから、パイパーに目を向けた。

「その通りですわね。それじゃあ、なぜミセス・メルヴィルは、ご主人が刑務所に入って六か月も待って、新たな話をはじめたのかしら?」

「わかりません」

「他の誰にも、きっとわからないでしょうね。はっきりとした答えは——」

「いいえ、心理的な要因があると考えている女性がいるんです。残念ながら、その要因というのも、ミセス・メルヴィルが嘘を言っているか、真実を言っているかが、同様に関わってくるものなんですが」

「その女性はどなた?」

「彼女の隣人です」

「そうですか」

ジュディス・キングは、何か新たに考えることを見つけたようだったが、やがて口を開いた。「たぶん、彼女はわかっているんだわ。自分がおっしゃってることについて。女性の隣人というのは、隣に住んでいる人について多くのことを知っているものです。心理的な要因って？」

パイパーは、クインが受けた電話について話した……。そして、エレン・メルヴィルの亡くなった状況について……。ミス・ガーランドの考えについて。たった一つのことだけは省いた。警察がこの事件におけるクインの役割についてどう考えているか、述べる必要はない。

彼が話し終えると、ミセス・キングが言った。「彼女は普通に亡くなったんじゃないと知っていました。でも、こういうことだったとは想像もしていませんでした。今の私にとっては、たいした違いはありませんが。私の夫が戻ってくることは決してないのですから」

彼女は指輪についた一粒のダイヤモンドを何度もぐるぐるいじりまわし、ぼんやりとパイパーを見つめて言った。「奇妙ですわ、なぜミセス・メルヴィルは、真実を告げるまでそんなに長く待っていたんでしょう――もし、それが真実なら」

「たぶん、ミス・ガーランドの説明が正しいのでしょう」パイパーが言った。

「場合によっては。でも、ただの推測に過ぎません。あの夜、例えメルヴィルが運転していなかったと認めても、ミセス・メルヴィルが自殺を図ったのか、それとも彼女の恋人が何か関係しているのか、わからないでしょう」

「彼を見つけない限りは」

「その見込みはほとんどありませんわ。名乗り出るなんてことはまずないでしょう」

「ないですね……。でも、何かのおりに、一緒にいるところを誰かに見られていたかもしれません」

「例え、そうだとして？　仮に彼女が一緒にいた男性の名前がわかったとして？　ミセス・メルヴィルとその男性の間に親密な関係があったと証明はできないでしょう」

「おっしゃることは、全てよくわかっています」パイパーが言った。

「それでもあなたは、彼を探すつもり？」

「それが、この事件を解決する唯一の方法なんです」

声を変え、ミセス・キングは言った。「それが、あの哀れな女性の評判を泥の中から救い出す唯一の確実な方法ってことですわね。彼女のご主人は善良な方ではなかった。……おそらく、ずっとそうだった。私は彼を憎んでいます、彼のような男性を全て。お酒を飲んで運転し、主人を殺した。そういったことをする人間は一生刑務所にいるべきですわ、十八か月だけではなく」

「今では、果たして彼がやったのかどうか、疑わしいところです」パイパーが言った。

彼女はイライラしたように手を振った。「もちろん、彼がやったんです。彼の奥さんがミスター・クインに話した内容は一つも信じられません」

「それでは、あなたはミス・ガーランドの考えに賛成なんですね？」

「ええ。あなたがどうしても受け入れられないというのが意外です。ミセス・メルヴィルが運転していたかどうかは、彼女の死を説明するものではありません……。同様に起こってしまったことは何も変わらない――私の主人にとっても」

ミセス・キングの声はほんの一瞬途切れた。そして、また言葉を続けた。「私は彼女を責めません、世間が彼女を不貞の妻と呼ぼうとも……まったく責めません。理解できないのは、なぜもっと早くご主人のもとを去らなかったのかということです」

「もし、もう一人の男が力になってくれたら、彼女はそうしていたでしょう。でも、明らかにその男はそうしなかった」

「それだけは、はっきりしてますね。彼女が非嫡出子を産むことになるから、自殺に追い込まれたとお考えなんですか？」

「そうですね、理由として充分考えられます」パイパーが言った。「けれども、私が頭を悩ませているのは、なぜ彼女は子供をおろすことが出来なかったのかということです。そうしている女性もいます」

ミセス・キングは寛容を示すように笑みを浮かべた。「もちろん、そうする人もいます。もしミセス・メルヴィルが自殺を図ったのなら――まだ、わかりませんけれど――妊娠しているから、そうしたのではないと思います。わかりませんか？」

「わかりません、でも続けてください」

「単に、望まれない赤ん坊が理由で命を絶ったのではないと思います。愚見かもしれませんが、彼女がこの男性の子供を宿したという事実は――」ジュディス・キングは、正しい言葉を探すように細く優雅な手を動かした――「ほとんど無関係だと思います」

「私には、まだよくわかりません」パイパーが言った。

ミセス・キングは頭を横に振って言った。「こんなことを申しては失礼だと思いますが、ミスター・パイパー、あまり女性のことをおわかりじゃないようで」

「そのとおりですね。そう言われたのは今晩二度目です。女性の心の動きを理解していないと。ミス・ガーランドがまさしく同じことを言いました」

「彼女はどんな説明を？」

「彼女は、ミセス・メルヴィルが自殺だと考えています」

「もし、そうなら、ミセス・メルヴィルが身ごもったことが原因ではないと思います。赤ん坊が生まれるということは、女性以上に男性にも責任をもたらすものです。彼女が話したとき、その男性は怯えたでしょうね。そのとき、彼はミセス・メルヴィルに本心を見せたのじゃないでしょうか」

「つまり、二人の男性が彼女を失望させたと」パイパーが言った。

「ええ、生きていくのに自分には何も残されていないと考えたんでしょうね。ご主人が刑務所から出てきて、また昔のわびしい生活に戻っていくのは嬉しいことではありませんもの、そうでしょう？」

「きっと、そうでしょうね」

「では、これで納得されたということですね。もちろん、私が間違っているのかもしれませんが――」ジュディス・キングは肩をすくめた。「でも、表面的には、ミセス・メルヴィルはこれ以上生きていくことに向き合っていけなかったように思えます」

『表面的には……』

パイパーは心の中で呟いた。あまりにもロマンティック過ぎる説明ではないか。それは、ミセス・キングやミス・ガーランドを満足させるかもしれないが、彼の中ではあらゆる疑惑が浮きあがっていた。

それが、現実離れしているというのではない。恋人に捨てられ、自殺を図った女性はたくさんいる。しかし、エレン・メルヴィルの場合は、あまりにも多くの他の要因がないがしろにされている。

『……彼女は、わざわざ秘密をクインに打ち明け、当惑させる必要などなかったはずだ。この男性なしでは生きられないと思って、自殺を図ったのなら、なぜ夫のことや、夫を刑務所へ送ることになった事故に対して罪の意識を感じるのか。

捨てられた女性は、罪の意識など感じないだろう。感じるとしたら、おそらく屈辱か。なぜなら自分の評判を落とし、その上、信頼していた男性が自分を望んでいないという考えに苦しめられるからだ――決して、罪の意識などは抱かない。

もしも彼女が今にも自殺しようとしているなら、わざわざクインに電話して、ささいなことについて話したりはしないだろう。その頃には、夫にはなんの興味もなく、彼が酒飲みになったことで、自分を責めたりするつもりもないだろう。彼女はそれより遥かに大きな問題を抱えていたのだ。クインにも誰にも解決できない問題を。

しかし、もし彼女が自殺ではないとすると、たった一つ残された代替案に戻らなくてはならない。自分の子供を彼女が身ごもっているからといって、父親になる喜びを味わうとは限らない。離婚訴訟に持ち込まれる可能性もある。彼がすでに結婚していたらだが……。それから、広く周りに知られ、商売や専門的職業で失脚するという危険性もある……』

パイパーは、自分の考えが堂々巡りしているのに気付いていた。たった一人の人間だけが、あの夜、ミセス・メルヴィルが死んだとき、実際に何が起こったのか知る鍵を握っている。

彼は言った。「あなたは間違っていないかもしれない、ミセス・キング。でも、私はやっぱり誰が車を運転していたかという件について、はっきりさせたいんです」

彼女の頬のくぼみが一層くっきりと目立った。彼女は言った。「なぜ、メルヴィル氏にお聞きにならないの？　唯一知っているのは彼です。私が言えるのは、現場に着いたとき、彼が車の横に立っていたということです」

「つまり、あなたは事故現場に行ったのですか?」

「ええ。ホイットコム医師が、彼の車で連れていってくれました。彼は警察に電話するためにここに来て、それから――」不意に寒さに襲われたように彼女は身震いした――「それから、何が起こったかを聞きました。私は一緒に連れていってもらいました。何か自分にできることがあるんじゃないかというばかな考えを抱いていたんです。でも、無駄でした。夫は死んでいました。犬を散歩に連れていってから、十分も経っていませんでした……」

話を続ける前に彼女は唇を湿らせた。「かわいそうなあの犬は、あの夜起こったことから立ち直っていないのです。車道に足音が聞こえても、もう二度と吠えることはありません。犬が吠えるのは聞こえなかったでしょう?」

「はい。家に犬がいることも知りませんでした」

「あれ以来、そんな調子で――」内にこもった表情が、再び彼女の瞳に宿った。「私が家に連れ帰ってから、あの子はいつも耳をそばだてて何か聞いているようで……。夫が鍵穴に鍵を差し込む音を待っているんです。ベルが鳴ると、とてもがっかりした様子がわかるくらい。そして這って部屋の隅に行って、まるで誰かが泣いているみたいにクンクン鼻を鳴らすんです」

「犬というのは、とても愛着心が強いものです」パイパーが言った。あまり意味のない発言だったが、何か言わなければならなかったのだ。

それから、パイパーは彼女に訊いた。「医者が事故現場を通り過ぎたのは、どういったいきさつでしょうか?」

ジュディス・キングは答えた。「わかりませんわ」

「彼はどこに住んでいるのですか？」

「アマーシャムです。診療所がそこにありますから」

「アマーシャムへ戻るとき、この道を通るのでしょうか？」

「いいえ。……この地区のどこかから呼び出しがかからない限りは」

「おそらく、そういうことだったんでしょう」パイパーが言った。「ご主人が亡くなった場所に着いたとき、あなたがご覧になった状況をお話しいただけませんか？」

「それは――それは、そんなに重要なことですか？」

「そうかもしれません」

どこか遠くを見つめながら、彼女は指のダイヤモンドを何度も何度もまわした。それから、その指輪をもう一方の手で覆った。

渇いた声が言った。「主人は、道路の端の方に横たわっていました。ホイットコム医師の言葉を信じたくない気持ちでした。でも、わかっていたんです。そこに近づく前から――」彼女の暗い瞳がパイパーの顔に向けられた。「わかっていたんです」

「メルヴィルの車はどこに？」

「五十ヤードほど先に……。もしかしたら、もっと先だったかも。道を遮るように横向きになっていました」

「広い道路の上に？」

「はい」

「ヒュー・メルヴィルが、その横に立っていたとおっしゃいましたね？」

「そうです」

「車の中は見えましたか？　それとも暗くて見えませんでしたか？」

「見えました、とても明るい月が出ていて……。それで、女性が前に座っているのが見えたのです」

「彼女をはっきり見たのですか？」

「いいえ、彼女は身を屈めて、顔を手で覆っているようでした」

「どちらのシートに座っていましたか？」

ミセス・キングは確信がないようだった。彼女は言った。「ブルマンシートの車だったので、はっきりとは――」

「位置は、どちら側でしたか――運転手側か歩行者側かわかりますか？」

「どちらかと言えば、運転手側かしら。でも、だからと言って――」ミセス・キングは段々と落ち着きをなくしていった。「彼女がハンドルのすぐ後ろにいたわけではないでしょう。たとえ、彼女が運転していたとしても――まったくの戯言だと思いますが――彼女の夫が、誰かが来る前に彼女を移動させたのでしょう」

「もし、彼が飲み過ぎていなければ」パイパーが言った。

しばらく沈黙したあと、ジュディス・キングが言った。「あなたが正しいかもしれない。私の夫を死に陥れたのはミセス・メルヴィルかもしれない。でも、その違いがいったいなんになるというのかしら？　彼女は亡くなった……。そして、こういった状況では、法律上、もう一度メルヴィルに裁判を許可することはあり得ない」

「ええ、その機会はほとんどないでしょう。でも、彼の妻には理由があったに違いない。新聞記者の友人にそういったことを伝える理由が。それが真実じゃないとしても、なぜそんな考えを彼女は抱いたのでしょう?」

ミセス・キングは自分の腕時計を見て言った。「わかりません。ミスター・パイパー、正直言って、私にはわからないんです。まだ質問はありますか?」

「いいえ……。根気よくつきあってくださって、ありがとうございます。感謝します」

「いいえ、お気になさらずに……」

ミセス・キングはドアのところでパイパーを見送った。パイパーが出て行くとき、彼女が言った。

「私もお礼を言うべきですわね。今夜はずっと一人きりでした。どこかへ行く気分でもなかったので。とてもみじめな気分になりそうでした……。でも、あなたのおかげで半時間は救われましたわ」

彼はミセス・キングの微笑みが好きだった。それから手の感触も。ドアを閉めるときも彼女はまだ微笑んでいた。

微笑みの裏側で彼女の瞳に悲しみが見てとれた。何もかもが間違っている気がした。ジュディス・キングのような女性が孤独で悲しみにくれているなんて。

他にも孤独な誰かがいた——今は死んでしまった誰かが。ヒュー・メルヴィルという男によって、二人の人生が粉々に砕け散ってしまった。

「……ああいったことをするような人間は、たった十八か月ではなく、一生刑務所に入るべきですわ」

パイパーは、ミセス・キングの声に含まれた憎しみを思い出した。町へ戻るあいだずっと、その声が彼の考えをかき乱していた。

第九章

十一時半過ぎに帰宅した。車を車庫へ入れ、二階へ上がった頃には、十一時四十分になっていた。フラットには空虚な雰囲気が漂っており、そんな中に帰ってくるのがパイパーは嫌いだった。彼がジェーンに会う前は、ずっと長いあいだこういった不毛な年月を過ごしていた。あの日々の記憶が、自分でお茶を入れたり、ベッドを整えたりしていると、至る所に感じられた。彼の人生にジェーンがあらわれるまで、自分はまだ半人前だったのだと今ならわかる。自分が想像していた以上に、パイパーは彼女が恋しかった。

彼女がすぐに戻ってくることを思いだし、温かい気持ちになった。そんなに長くはない……。あの終わりがないと思われた不毛な日々と比べれば、少しも長くはない。すぐにこの静かな家は、再び活気を取り戻すだろう。

就寝前に夕刊に目を通していたところ、電話が鳴った。クインの声がした。「二回ほど電話をしたが、返事がなかったんでね。夜のこんな時間に電話して迷惑じゃなかったかな」

「ああ、ちっとも。何かニュースでも?」

「こっちがそれを訊こうと思ってたんだ。君がバックス・コートを訪ねていると知ってたんでね」

「どうして、わかったんだい?」

「俺がミス・ガーランドに電話する前に、君が訪ねてきたって彼女から聞いたんだ」

「彼女に何の用だったんだ？」

「彼女の隣人について何か聞けるんじゃないかと思って。いろんな人が入り混じっているらしい……。そんなに興味をそそるものではなかったが」

咳の発作に襲われ、クインは息を切らした。再び話せるようになり、彼は言った。「喫煙が命取りになるだろうな……。ニシンがスモークされて燻製になるように。バックス・コートを出てからどこに行ったたか、訊いてもかまわないかい？」

「ああ、サットンデイルがすぐ近くだとわかって、ミセス・キングと話しをしようと思ったんだ」

「何か新しい情報はあったかね？」

パイパーが言った。「いや、それほど……。でも、些細なことがそれぞれ役に立つかもしれない。今度はホイットコム医師と話しをしてみるつもりだ。それと、アマーシャムでメルヴィルの薬局を運営するクロフォードという男と」

「いつ行くつもりだい？」

「明日の午前中に。もし一緒に来るなら——その方が助かるな——その道中に今夜のことについて全て話すよ」

「それで、決まりだ」クインが言った。「何時に発つ？」

「何時でも、君にあわせるよ」

「それじゃあ、十時半に。俺は〈従うべき宿命の男〉に許可をもらわなきゃならない。最近はかなり手綱をきつく締められているんだ」

パイパーが言った。「それじゃ。十時半に私のオフィスで……」

クインと編集長の会談は三十秒もかからなかった。彼がようやく言いだすと、尋ねるまでもないと言い返された。

「……もちろん、君は行くべきだ。君が彼女の恋人ではなくて、彼女の死に関係ないのなら——警察は明らかに疑っているが——行動を起こし、自分は関係ない、やってないと証明するかどうかは君次第だ」

「私の疑惑について、突然、便宜を図ってくれることになったんですね」クインが言った。

「ただ、ジョン・パイパーという男が、メルヴィルの件について興味を持っているようでね。私は彼の判断を信じることにしたんだ」

「無礼な言葉を吐かせないため、あからさまな質問はしませんよ」

「いい加減、気付いているだろ。無礼なことを言って楽しんでいるのさ。で、あからさまな質問に対する答えは、私は君のことも君の判断も信用していない。君からビヤ樽を巻き上げるまでは」

「それで思い出した」クインが言った。「あんたには一ドルの貸しがある」

「何のことだ？」

「パイパーは訊かなかった。俺がやったのかって」

編集長は言った。「まったく、彼もばかだな……。先週君が勘定につけた、膨らんだ経費分からその一ドルを取るがいい」

クインはタクシーを拾ってパイパーのオフィスに向かい、十時二十分に到着した。彼らが出ようとしたところに、電話が鳴った。

「土壇場になって、いつも誰かが邪魔をする」クインが言った。「見られてないんだから、もう出かけた振りをすればいいだろ?」

「いや、大事なことかもしれない。長くはかからないよ……」

よく響くどら声が聞こえた。「ミスター・パイパーかね、こちらはバイラム警部だ。つかまってよかったよ。マカフィー巡査部長から、ここ何日かはあまりオフィスにいないと聞いていたんでね。つまり、もう調査は終わったということかね?」

「いいえ、まだあちこちと訊いてまわるつもりです」

「そうかね、なるほど。君のような職業の人間が、このような事件に興味を抱くのは珍しいことだね——つまり、私の言ってる意味、おわかりかと思うが」

パイパーが言った。「ええ、わかります。なぜ私が関係ないことに首をつっこむのか理解できないということですね」

「まあ、そうだな。君のことを少し調べてみて、ひどく当惑してるんだ。控えめに言っても……言う必要もないが」

「もちろんです」

「それで、最終的にロンドン警視庁《スコットランドヤード》のホイル警視と話してみたんだ。実のところ、君をかなり高く買っているようだったよ」

バイラムの口調の何かがパイパーの気に障った。今や彼は、バックス・コートで尋問を受けた際のクインの態度は称賛に値するものだと感じていた。

パイパーが言った。「ホイルと私は長年の知り合いです。旧友と言ってもいいくらいの」

それから、彼は言葉を続けた。「要点をおっしゃっていただけますか、警部？　今ちょうど出かけようとしているところに、この電話がかかってきたんです。時間に遅れてまして。もし、よろしければ……」

バイラム警部に憤慨している様子はなかった。変わらずガラガラと響く声で彼は言った。「引き止めるのは、ほんの一瞬だ。私が知りたいのは、近日中に君がハイウィカムの近くに来る予定があるかどうかだ。……どうだね？」

「はい、たまたま今日、そちらの近くに行く予定です。アマーシャムで一つ、二つ、立ち寄るところがありますから」

「おお、素晴らしい。ここからほんの数マイルだ。ちょっと寄ってもらって会えるかね？」

「よろこんで」パイパーが言った。「今日の午後では？」

「いつでも、好きなときに。今のところ、今日はずっとここにいる予定だ」

彼の太く響く声が、次第に電話から遠ざかっていった。「……会うのを楽しみにしているよ、ミスター・パイパー。きっと非常に実りのある話が……」

パイパーが電話を切ると、クインが言った。「御上《おかみ》の命《めい》か。俺も一緒に行くとは思ってないだろうな？」

「その必要はないよ。それに時間の無駄だ。ホイットコム医師とは約束してある。一緒に行こう。それから、私が警部の用件を訊いてくるあいだに、君がクロフォードのところへ行って話しをしてくれ」

「やれやれ、警部が何の用件か、俺が今、教えてやるよ。奴は俺に今後十年間、刑務所で郵便配達の袋を縫わせたいんだ」

パイパーが言った。「わからんな、どうして……」

「なぜなら、そのための人員が必要だからさ、たぶん。郵政省がみんなに言ってるだろ。どこかの誰かがあなたの手紙を待っています――」

「ばかなこと言うなよ。今まで君はバッキンガムシャーの犯罪捜査課の人間に会ったり……中傷記事を書いたりしたことがあるかね？」

「ないよ」

「本当か？　よく考えてくれ」

「考えるまでもない。ここはアメリカの映画の舞台じゃない。ここでは、我らが素晴らしき警官に失礼なことを言うのは、ロンドン証券取引所のヘアリー・ホローズ《がさつな奴ら》だけだよ。彼らでも、せいぜいファシストのブタ野郎って呼ぶのがせいいっぱいさ」


チャルフォント・セント・ジャイルズを通り過ぎ、アマーシャムまであと数マイルというところで、パイパーが訊いた。「君が〈スリー・フェザーズ〉でヒュー・メルヴィルに会った夜、彼はどのくらい飲んでいたのかね？」

クインが言った。「突然、おかしな質問をするんだな。法律によると、車を運転するのに適切なコントロール能力を失うほど飲んでいたと……。今になって何か違いが出てきたのかい？」

「ちょっと頭をよぎっただけだ。君の目からは、酔っぱらっているように見えたのだろうかと」

「そうかな？　君の疑問とミセス・メルヴィルの疑問が同じなのを俺は今、不思議に思ってるよ。彼女が電話してきたときの最初の質問がそれだった」

「彼女になんて答えたんだい？」

「いつもとそんなに変わらなかったと。何か酒が飲みたくなるようなことがあったんだとは思ったが、ふらついて歩けないほどじゃなかったよ、確かに」

「しかし、血液中のアルコール量は規定値の二倍以上だったんだろう？」

「確かにそうだった。事実、それだけ飲んでいたのだろう。法医学研究所のテストでは、はっきりとそう示していた。しかし、通常の会話では必ずしもそれが明らかではない」

「そうだな……。そして、君と一緒のとき、彼が飲んだ効果は〈スリー・フェザーズ〉を出る前にはまだ十分にあらわれていなかった」

「そうとは思えないね」クインは言った。「でも、この話がどこにつながるんだ？」

パイパーが言った。「特にどこにも。ただ最初に戻って考えてみた方が有効だと思ったんだ。そして、事件全てを完全に違った角度から見てみようかと」

「どの角度から？」

「それを見つけたら、君に話すよ」パイパーが言った。

チャールズ・ホイットコム医師は、ほっそりとした身なりのよい男性で、きちんとアイロンをかけたスーツを着て、清潔なカラーにネクタイをしていた。外見も行動も話し方も、いかにも専門職を身につけた専門家という風情だった。

クインがパイパーのあとから診療所に入っていくと、ホイットコムは言った。「一人で来ると思っていましたよ、ミスター・パイパー」彼の声には、かすかに非難の響きが潜んでいた。

パイパーが言った。「クインは私の同輩でして。実際、私がこの事件に関心を持つようになったのは、彼が直接の原因なんです。あなたが、彼を連れてくるのに反対するとは思っていませんでした」

「いや、反対はしていないよ」いかにも譲歩しているような口調だった。

クインは言った。「外で待っているよ、その方がいいのなら」

「いや、その必要はありません」

ホイットコムは立ったままで、その目はパイパーに向けられていた。診療室には、空いている椅子が二つあったが、どちらにも座るよう勧める意志がないのは明らかだった。

あくまでも中立の立場を取っているような口調で彼は言った。「それで、君が尋ねたいこととは?」

「亡くなったミセス・メルヴィルのことで、ご存知のことがあれば何でも教えてほしいのです。電話でも申しましたが、我々にとって、彼女が亡くなる前の数週間の心理状態を知るのが重要なんです」

「君に話せることは、そんなにないかもしれない。理解してもらえるだろうが、私には職務上の秘密という制約があるんだ」

「もちろんですが、患者が亡くなった場合も適用されるものではないですよね?」

「うむ、そうすると、危ない橋を渡ることになる。これは医師個人が決断する領域なんだ。しかし――」彼は頭を後ろにのけぞらせ、わずかに口をすぼめた。「軽率な行動は控えよう。なぜ君にとってそんなに重要なのかね?」

「なぜなら、ミセス・メルヴィルの身に起こったことに、何の罪もない私の友人が巻き込まれているからです。彼の見地からすると、状況はとても厄介で、できるだけ早く事件を明らかにしたいのです」

ホイットコム医師は患者を診るような客観的な目でしばらくクインを見つめた。「どんな風に巻き込まれているか、訊いてもいいかね？」

「彼女が二、三回、私に電話をくれたんです」クインが言った。「最後に電話がきたのは、ちょうど亡くなった晩でした。寝室で亡くなっているのを発見される少し前に」クインが言った。「最後に電話がきたのは、ちょうど亡くなった晩でした。そのとき、電話に出られなかったので、次の朝、要件を訊こうとかけ直したんです。それらの電話を根拠に警察は、私が彼女の死に責任があると疑っているんです」

「うーん、本当かね？」ホイットコムの上品な口元が、笑いを噛みしめているようにピクピクと動いた。「それで、責任があるのかね？」

「私のことを知ってる人は、誰でも――」

「でも、私は君を知らない。それで、率直な質問に対しては率直な答えを得る資格が私にはある……もし、私に協力してほしいのなら」

クインは自分が置かれている立場に腹が立った。しかし、自分自身かエレン・メルヴィルを責める他はなかった。そして、今やそれは遅すぎた。

彼は言った。「あなたの言う通りです、ドクター。そこで、あなたが得るべき率直な答えを申し上げます。私はミセス・メルヴィルの身に起こったこととなんの関係もありません。彼女を見たのは人生でたった一度だけ、電話をもらったのは二度ほど。ごく短時間でも彼女に会ったことはありません」

「でも、それにも拘わらず、警察は君が彼女の恋人かもしれないと？」

「ええ、彼らはそれを証明できませんが、同じ理由で――」

「――君もそれを反証できないわけだ」ホイットコムが言った。

「そうです、できませんね」

「血液検査を要求することはできる」

「どんな検査ですか？」

「父子鑑定の際に行うのと同じ検査だ。赤ん坊の血液型と君のとを比較して、それで君が父親じゃないと証明されるかもしれない。一方で――」ホイットコムの口元が、再びピクピク動いた。「証明されなかったら。その場合は、また振り出しに戻ることになる」

「それ以上ひどい結果になるだけかも」クインは言った。「とにかく、ご提案ありがとうございます」

「礼には及ばないよ。つけ加えるが――私の意見が役に立つかはともかく――彼女が君のようなタイプと間違いを犯すとはとても想像できない」

「それは、彼女は趣味がいいという褒め言葉ですか？」

ホイットコム医師は、その質問に対して真剣に考えていたが、やがて言った。「いや、趣味がいいとか悪いとか、そういった問題じゃないんだ……ただの性質だよ。もちろん、女性は、ときに変わった選択をするものだが、私には彼女が君と恋に落ちるとは考えられない。彼女は誰か頼りになる人を必要としていた。ご主人と一緒に暮らした経験から、彼女にとってそれは何より必要なことだった」

「そして、あなたは私が頼りになるタイプではないと」クインは言った。

「そうだね、そんな風には見えない……話していても。独り者だね？」

「その通り」

「そうだと思った。いつもだいたいわかるんだ」

「それじゃあ、バッキンガムシャー州犯罪捜査課のバイラム警部に言ってくれませんか、私はミセス・メルヴィルの好みではないと。そうすれば、彼も考えを変えるだろう」

「もし、訊かれたら、私の意見を言っておくよ」ホイットコムは言った。「でも、彼がそれを受け入れるかは保証できない」

クインは言った。「どちらにせよ——ありがとうございます」

ホイットコム医師は、その返事に軽く頭を下げた。何の感情も読み取れない目つきで、パイパーの方を向いた。「これが、君がここにきた理由ではないだろう？　君は単なる意見以上のことを知りたいんだね？」

パイパーが言った。「はい、あなただけしか知り得ないことなんです。ご協力いただけたら大変感謝いたします……。彼女のご主人が刑務所に入ってから、彼女の精神状態がどうだったか、ご存知なのはあなただけですから。例えば、彼女は自殺だと思いますか？」

ホイットコムが言葉を選ぶのに長い時間がかかった。考えているあいだ、ネクタイの結び目をいじり、唇をすぼめたり、突き出したり、まるでもっともしっくりくる形を探そうとしているかのようだった。

ようやく彼は言った。「おわかりいただけると思いますが、確かめる術《すべ》がないのです。……でも、そうなったのも、もっともかもしれません」

「彼女の様子から見て、ですか？」

「それと……他の状況と」

「彼女が妊娠していたのは知っていましたか？」

ホイットコム医師は首を振った。「いいえ。最初にそれを聞いたのは、警察官が――犯罪捜査課のバイラム警部が――あなたと、ほとんど同じようなことを尋ねにきたときです」

「その場合、ミセス・メルヴィルがいつ最後の診察に来たか、おそらく訊かれたでしょう」パイパーが言った。

「ええ、訊かれました。そして、診察をしたのがだいたい六か月前だと答えました」

「彼女には、診察を受ける何か特別な理由があったんですか？」

「よく眠れないということでした。その時期、彼女の身に起こったことを考えるとまったく驚きません。もし、ご亭主が刑務所に送られたら、誰だって女性は感情的に不安定になるものです」

「他の面では、健康でしたか？」

「体の機能的には、何も悪いところはありませんでした」

「それで、睡眠薬を処方したんですね」

「必要なときだけ飲むようにと。次の処方箋をもらいにくるまで二か月ありましたから、彼女は私の指示にちゃんと従っていたようです」

「一回に何錠受け取っていたのですか？」

「二十五錠です。私はそれ以上は決して処方しません」

「過去六か月で、何回追加で処方箋を発行しましたか？」

「私の記録によると――二回です」

「つまり、全部で七十五錠ですね？」

「そうです。まさに」

注意を引くため、クインは咳をした。彼は言った。「二十五錠の箱が彼女のベッドのそばの棚に手つかずのまま見つかりました。そして、彼女が亡くなった夜には二、三錠服用しています。そのことから、最初に処方したものが二週間でなくなり、二回目は四週間でなくなったということがわかります」

ホイットコム医師は、鼻の横の方を見下ろしながら訊いた。「そのことから、何か重要な点が見つかったのですか？」

「そうです。彼女はご主人が刑務所に送られたとき、ひどく苦悩していたが、他の男の子供を宿しているとわかったときは、それほどではなかった。後者の場合は、睡眠薬を半分しか使っていない」

再びホイットコムは、立って考えているあいだ、口の形を何度も変えてみた。急いで意見を述べようとは考えていないようだった。

パイパーが訊いた。「彼女は自分が妊娠していたのを知らなかった可能性はありますか、ドクター？」

ホイットコム医師は、あらゆる面から検討しているかのように、その質問について熟考していた。それから、言った。「とてもそうとは考えられない。妊娠三か月にもなれば、体の正常な機能が止まっていることに気が付かないはずはない」

「それじゃあ、クインが言ったことは道理にかなっている。赤ん坊が生まれる見通しについて、彼女は深刻に悩んではいなかったようだ」

しばらく考えたのち、ホイットコムは言った。「それを当然のことだと簡単に決めつけることはできないが……一理あるのは認めざるを得ない」

彼はクインを見つめた。「もし、君と君の友人が辿り着こうとしている結論が正しいとして、それが何を意味するか、わかっているのかね?」

クインは答えた。「もちろんです。わかっています。我々は動機の一つを除外しました――とても大きな一つの動機を――なぜ彼女が自殺を決意したかという」

「そして、それを除外することによって――」ホイットコムの唇は、密かにおもしろがっているように、またピクピクと動いた――「君は自分に不利になる事例を立証しようとしているんだ。……仮に警察がなんらかの攻撃手段を用意しているのなら。もし、自殺じゃないのであれば、彼女をそういう状況に追い込んだ男が、自分の責任から逃れようとしたと想定する権利が警察にはある」

「私が彼女の恋人だと警察が証明できるのなら、こんな馬鹿げたことを自分ではじめたりはしないよ」クインは言った。「でも、彼らにそれはできない――なぜなら、私じゃないからだ」

パイパーが言った。「とにかく、早まって答えを出すのはやめよう。赤ん坊が理由じゃなくとも、まだ自殺の可能性はある。もっと強い動機があったかもしれない」

「どのような?」

「恋人との関係が終わったとわかり、これ以上生きていく目的も失った。彼女が赤ん坊の話しをしたとき、もし彼が本性をあらわしたとすれば……それだけで、もう充分だったのかも。どう思われますか、ドクター?」

ホイットコムは、躊躇なく同意した。「それまでの六か月間を考えると、それは充分あり得るでしょう」

「彼女の隣人もそう思うと言いました」パイパーが言った。「でも、一つはっきりさせたいことがあります……」

「何かね？」

「もし、彼女が中絶を考えていたのなら、あなたに相談をもちかけるのを躊躇したでしょうか？」

ホイットコム医師は短く息を吸い、それをまた吐き出すと、かたい小さな声で言った。「その種の質問は好まないね、まったくもって。明らかに含みがあるような質問は」

「そうでしたら謝ります。言い方が悪かったですね。私が言いたかったのは、彼女の妊娠を終わらせる合法的な医学上の方法があったなら、あなたに相談したでしょうか？」

「もちろん、そうしたと思うがね」

「あなたは彼女のご主人の主治医でもありますよね？　彼女は、もしかしたら――」

「いや、それはないよ。ミセス・メルヴィルは長年の私の患者だ。私が秘密を厳守することはよく知っているはずだ。私とご主人の関係がどうであろうと」

「もちろん。でも、彼女はあまりにも当惑して、あなたに相談できなかったとしたら？」

「あらゆる可能性はある」ホイットコムは言った。「ミセス・メルヴィルを知っているからこそ、そうとは思えないのだ。どうしても考えられないのだ」

彼は腕時計を見て、愛想笑いを二人に平等に向けた。「さて、おふたりとも、残念ながら時間切れですな。自分で予想していた以上に率直にお話ししたつもりだがね。私の発言がお役に立つといいですが」

パイパーが言った。「間違いなく、これ以上ないほど役に立ちました。もう二つほど質問したいと言ったら、厚かましいとお思いでしょうか?　時間はいくらもかかりません」

もう一度腕時計を見て、ホイットコム医師が言った。「そうですね、それはちょっと困りますが……。でもまあ、ここまできたのですから、仕事を終えてしまった方がいいでしょう。その二つの質問をお聞きしましょう」

「ありがとうございます。最初の質問はアーサー・キングが車に轢かれ、亡くなった夜のことです」

「それで?」

「事故を目撃したのでしょうか?」

「いいえ、事故の数分後に到着したのです。夜遅くにサットンデイルから呼び出しがありまして。そんなことでもなければ、あの時間にあの辺りにいることもなかったんですが」

パイパーが言った。「なるほど。最後の質問はヒュー・メルヴィルについてです。彼と話したとき、彼の状態についてどのようなご意見をお持ちでしょうか?」

ホイットコム医師は自分の殻の中に引きこもり、唇を舐めながら考え込んで言った。「今、我々は危ない橋を渡ろうとしている。君たちがここに入ってきたとき、私はそれについて話したはずだ。私の患者について意見を述べるべきかどうか、私には確信がない」

「あなたのお考えは正しいと思います。でも私は、医者としての意見をあなたに求めているのではありません。結局、あの夜、あなたは医学的な理由で彼に対応したわけではなかった。ただ、事故を目撃した一般人として対応したのではないでしょうか?」

「そうですね。ええ、それが真実だと思います」

「彼の診察を行ったわけではないので、職業的な意見を述べることはできない……ですよね？」

「そうだ」

「それでは、この場合は、ご自分を素人としてお考えいただけませんか？　私はただ、あなたが受けた印象を知りたいのです。彼の様子からどう感じ取ったか」

ホイットコムはクインを見て笑った。今度は率直に面白がっていた。

彼は言った。「君の友人は、大勢やって来る製薬会社の代表よりずっと優秀だよ。非常に説得力がある。とにかく――」笑顔はまだ顔に残っていた。「私が受けた印象を話すよ。メルヴィルが話しだした瞬間、かなり酒を飲んでいるとわかった。彼の息からも匂っていた。あとで血液アルコール濃度テストの結果を聞いても、まったく驚かなかったね」

一瞬、にやりと笑い、言い添えた。「もちろん、素人として、純粋に思ったことを話しているだけだが」

パイパーが言った。「ありがとうございます、ドクター。これ以上お時間は取らせません……」

パイパーが停めていった車まで歩いて戻るとき、クインはいつもと違って静かだった。ランチタイムの交通渋滞を縫うように進んでいたとき、パイパーが訊いた。「何を企てているんだ？」

「ううん、ん？　おっと、そうだった」彼はポケットを探り、次第に失望の色を深めていった。「煙草を持たずに出てきたようだ。煙草屋があったら停めてもらって、買いに――」

「グローブボックスの中に入ってる。マッチもあるだろう」

「ありがとう。ぼんやりしてたんだよ。ここ数日で二回目だ。煙草を忘れたのは」

パイパーは言った。「いつか本当にぼんやりしたら、自分の煙草を買うかもな。だがまあ、気にするな。それより、ホイットコムの家を出てから、なんだってそんなに静かなんだ？」

「深く考えてるのさ」

「それで？」

「うん、たぶん、何かが引っかかっているんだ……。彼はずっと、自殺だったと思いこませるよう話を進めているように感じなかったか？」

「いや、私は特にそんなふうには」

「でも、俺はそう感じた。それにもう一つ。はじめは職業上の守秘義務について、なんともうるさいことを言って、これもあれも漏らすことはできないって。でも、君は難なく彼から率直な話を引きだしたんじゃないかね？」

「私はただ、適切な質問を適切な方法でしただけだよ」

「ちぇっ！　俺に言わせりゃ、彼は最初から芝居気たっぷりだったじゃないか。そのあともずっと気になっていたんだ。どうして君は、ミセス・メルヴィルが俺に、車を運転していたのは自分だと打ち明けたことを話さなかったんだい？」

「彼に余計な情報を伝える必要はないと思ったんでね。ホイットコム医師の何が気に入らなかったんだ、ところで？」

「いや、別にはっきりしたことがあるわけじゃないんだ。ただ、思ったのさ。医者は昼夜かまわず、誰に不審がられることもなく、女性の家を訪問することができる」

「彼が、エレン・メルヴィルの恋人かもしれないと思っているのかね？」

「いや、誰かには違いないんだ。俺がこれまでわかっているのは、自分ではないってことさ。モス・ブロスの広告にでも出てきそうな、あの上品なホイットコム医師ではないとも言い切れない……だろう？」

「それは、なんとも由々《ゆゆ》しき申し立てだな」パイパーが言った。

「俺を疑う方が由々しき問題さ。俺は責任を誰かに転嫁したいだけだ。最初に彼を見たとき、ひそかに思ったんだ。患者の扱いがあまりよくないようだと。今ではそれは間違いだったと思っている。たぶん彼は……患者によって態度が違うのだろうと。ヒュー・メルヴィルが十八か月間留守なのは、彼にとって好都合だったとも考えられる」

「そこまでにしておくんだな」

クインは煙草で咳き込むと、息を切らした。しばらくゼーゼー喘ぎ、それから言った。「わかったよ。当面はホイットコムのことは置いておこう。全ての欠片《かけら》を集めて、つなぎあわせると、ミセス・メルヴィルは赤ん坊を望んでいた、おそらく、その父親に捨てられるであろうとわかるまでは」

「そうだ。また振り出しに戻ったようだな。男の方の事情はあまり重要ではない」

クインが言った。「たぶん、彼女に飽きたのだろう。それともすでに結婚していて、彼女はそれを知らなかった。はたまた離婚して、まわりに知られるのに耐えられなかったとか」

車輪はまわり、また元の場所に戻った。パイパーは自分に言った。エレン・メルヴィルの恋人が誰だったかは、もはやたいして重要ではない。

ミス・ガーランドが聞いたというドアをロックするかすかな音を除外すれば、これは単純に自殺へと結びつく事件だ。ミス・ガーランドも確信がないと認めている。

『私が間違っていたんじゃないかと、思いはじめているの……』

それから、クインが言った。「もし、行き詰ってどうしようもならなくなったのなら、なぜ睡眠薬を一箱飲んで、みんなのためにも全てを簡単に終わらせなかったのだろう？　なぜ、ガスなんか？　きれいにさっぱり済ませる手段が手の届くところにあったのに？　その方が失敗の可能性も、誰にとっても何の危険もなかったのに。ただ深い眠りの中に漂って、二度と目を覚ますことはなかったのに。なぜ彼女は簡単な方法を選ばなかったんだ？」

「俺の頭から離れないのも、その点だよ」パイパーが言った。「答えはとても簡単なのかもしれない。ただ、それが見えないだけで……。それとも、まったく違う場所を俺たちは見ているのだろうか」

第十章

メルヴィルの薬局は、玄関の両側に窓がある店で、アマーシャムの中心に位置していた。陳列ケースや化粧品売り場、在庫の豊富な棚のある、モダンな店だった。メインカウンターの後ろの少し開いたドアから調剤室が見えた。

アシスタントが二人いた。一人は、中年の女性で顔に疲れたような皺が見える。もう一人は、付けまつ毛に牧羊犬のような染めた長い髪をしていた。

二人ともクインの方を見た。若い方が目にかかった髪をかきあげて尋ねた。「なんでしょう?」

「ミスター・クロフォードと話しがしたいのですが」

「彼は昼食に出てます」それは一つの単語のように聞こえた。

「いつ戻ってくるでしょう?」

「一時半頃《ハーフ・パスト・ワン》です」それもまた、三つのつながった音節のように途切れのない言葉だった。

クインが言った。「ありがとう。またあとで立ち寄るよ」

彼は居心地のよさそうなパブを見つけ、サンドウィッチを食べながら、ビールを一杯飲んだ。一時四十分にメルヴィルの薬局に戻った。

付けまつ毛の女の子だけがいた。「なんですか?」

「また来たよ。ミスター・クロフォードは昼食から戻ったかい？」

「誰が、彼を必要としているの？」

我慢の限界を超えたクインは、胸の中でぼやいた『……英国の運命を担う番人よ、我らが島民の遺産を守る未来の母よ。……神よ、我らを救いたまえ』

彼は言った。「それは、修辞的疑問文かい？」

「なんのこと？」

「そうじゃないなら、教えてやろう。彼の妻が彼を必要としている。……おそらく彼の母親も。それにもし、戦争が起これば、女王も国家も間違いなく彼を必要とする。さて、ここからどうする？」

二つに分けた髪の束のあいだから、理解できないといった目で、彼女はクインを見つめた。「いったい、なんの話？　私はただ、あなたの名前を頂戴したいと言ってるの」

「それじゃ、結婚するってことか」クインは言った。「今日の午後は忙しいんでね」

虚ろな顔をしたあと、彼女は何やら呟いた。「今朝、ここに来たとき、今日はついてない日だと思ったのよ……」彼女は調剤室に入り、うしろでドアを閉めた。

待っているあいだ、彼はカウンターの端まで行き、ロマンティックな名前のついた口紅の陳列を見て過ごしていた。閉じたドアの向こうから、ひっきりなしに低い声が聞こえる。

何人かが店に入ってきた。赤ん坊を連れた女性、買い物袋をたくさん抱えた二人の女性、規則的な間隔で鼻をすすっている男の子。赤ん坊は機嫌が悪いようで、母親の腕から逃れようともがいていた。

しばらくして、牧羊犬のような女の子が調剤室から出てきた。後ろから、白衣を着た背の高いひょろひょろした男も出てきた——審問の際、証言していた男だ。

モップのようなもじゃもじゃした髪、金縁眼鏡にエイブラハム・リンカーンのような顎鬚をはやしている。カウンターの端の方に来て、スコットランドのアクセントでクインに尋ねた。「私に会いたいということでしたが？」

クインが言った。「数分、お時間をいただけるなら」

「何の件について？」

「ミセス・メルヴィルです」

彼が身を前に乗り出すと、クロフォードの眼鏡の奥の瞳が大きく見開いた。低い声で彼は言った。「警察がすでにここに来ました。知ってることは全部お話ししました」

「私は警察の人間じゃない」クインは言った。「保険の査定人から頼まれたもので。その人と一緒にこの件について調べているのです」

それは何も意味していなかったが、クロフォードは納得したようだった。「それでは、ここではお話しできませんね。一緒に来てください」

色々な物が詰め込まれた調剤室には、大小の瓶や段ボール箱が所狭しと置かれていた。唯一の作業台の下には、ヤナギ細工の入れ物に大型のガラス瓶が二つ入っていた。天井の細い蛍光灯の明かりで部屋は明るく、傘のついた電灯が長椅子の上を覆い、そこに処方薬ができあがっていた。

クロフォードはドアを閉めてから言った。「長くかからないといいですがね。あれやこれやと――」

「いいえ、二、三の質問だけです」

「――ミセス・メルヴィルが亡くなってから、かなりの時間を取られたんです……。ここはとても忙しい店ですから。ずっと働きづめで、正直なところ」

彼は処方箋の束を長椅子からつかみ、証拠としてクインに見せ、元の場所に戻してから尋ねた。

「何か保険のことと関係あるとおっしゃいましたか?」

「直接ではないのですが」クインは言った。「私は保険の査定人と一緒に仕事をしています。彼は今、ハイウィカムの警察本部に行ってまして」

「おお、なるほど。その査定人の方は、この薬局の今後について何か言ってましたか?」

「どのような点で?」

「今やメルヴィルの所有となって、彼はここを売るつもりなのか、続けるつもりなのか」

クインは言った。「私の印象では、ここはずっと彼の所有だと」

「はい、ほとんどの人がそう思っています」クロフォードは眼鏡を取り、目をこすった。「私は、たまたま知っただけなんですが」

「何を知ったと?」

「この商売は彼の奥さんのものです。……いや、少なくとも奥さんのものでした。彼女は他の全てのものと同様に、彼に店も残すと思っているのですが」

「この仕事をはじめたばかりなんで、あまり詳しくは知らないんです」クインは言った。「全部でどれくらいのものを彼女は残したんですか?」

「まあ、ちょっとした額にはなりますね。彼女がこの商売に資金援助してから、かなりの金額が残ったんじゃないでしょうか。ヒュー・メルヴィルが万事うまくやってましたから」

「妻を亡くした以外は」クインが言った。

クロフォードはもう一度目をこすり、眼鏡を顔に戻して言った。「メルヴィルは彼女を既に失っていたと思います。違った方法で、もうずっと前に……。私の言う意味がおわかりでしたら」

「はい、わかります。あなたとお話ししたい理由の一つがそれです。他に男性がいたのは知っていますが、誰なのかは……。それで、あなたなら何か力になっていただけるかと」

「いえ、残念ながら、あまり。私に言えるのは、どこかの男が先月くらいに二、三回、電話をかけてきたってことです。彼女がいないとき、一度電話をとりましたが、名前は訊けませんでした。ただ、またあとで電話するとだけ言ってました」

「どんな感じの声でしたか?」

「ただ――」クロフォードは一瞬考え込んだ。「ただ、普通の」

「最後に電話してきたのは、いつですか?」

「一週間くらい前です」

クインは言った。「注意して耳を傾けたりはしていないでしょうが、ただ、たまたま会話の一部を耳にしたりしませんでしたか?」

「いいえ……。ただ一度だけ彼をマーティンと呼んでいるのが聞こえました」

「ファーストネームで呼んでいるようでしたか?」

「ええ、そうです」

「彼女はどんな様子でしたか、この二週間ほど?」

「なんというか――」クロフォードは、ちょうどいい言葉を見つけるのに時間を要した。「なんだか興奮していたような。何かが起こるのを待ち望んでいるような印象を受けました」

ほぼ当たっている。クインは心の中で言った。『……待ち望んでいるような――すべてに終止符を打つことを。喜びで興奮していたとは、まず考えられないだろう……』

　クインは声に出して言った。「この男性がどこから電話をしてきたか、思い当たるふしはありますか?」

「いいえ。でも、公衆電話ではありませんでした。ピーピーという発信音がありませんでしたから。でも、長距離か近くかはわかりませんでした」

「ダイヤル即時通話《STD》ではないな」そう言ってから、クインは尋ねた。「こういったことを警察に話しましたか?」

　批判の言葉を予期するかのように、クロフォードは訛りを強めて言った。「警察には訊かれませんでした。彼らに、わざわざそこまで教えてやる必要はないはずです、違いますか?」

「いや、君の言う通り。警察は何を訊いたんだね?」

「あの朝、なぜ僕がフラットに行ったか。どうして中に入ることになったか。……そういったことです。僕は説明しました。絨毯で下がふさがれていた寝室のドアを力づくで押し開け、ガスが充満し……。しかし、彼らはまるで僕が何か悪いことをしたみたいに、しつこく質問を続けました」

　不満そうな瞳が眼鏡の向こうでより大きく見えた。彼は言った。「もし、あなたも同じような立場なら、僕の忠告をちゃんと聞いて、余計なことに首を突っ込まないように。警察の尋問の仕方だったら、まるで殺人事件を調査しているように誰もが思うでしょうね」

「おそらく、そうかもしれない」クインは言った。「おそらく、そうなんだ」

　待合室は殺風景な部屋で、暖かな九月の午後にもかかわらず、湿っぽく感じられた。ドアの両側の壁にはテープで留められた六枚のポスター。空っぽの暖炉の上には、国民保健条例に即した適切な補足給付を受けるよう説明した通知が掛かっていた。

反対側の壁には、長い木製の型枠がそびえ、削られて傷のついた百ものイニシャルが刻まれている。淡い秋の日差しが小さな窓から入り込み、壁に高く反射していた。

バイラム警部が尋ねた。「ここで話してもかまわないかね?」

彼の小さな深く窪んだ眼は、決してパイパーの顔から離れなかった。それは肉食動物の眼のように警戒を怠らなかった。

パイパーが言った。「かまいません。他の場所と変わりなく快適です」

「座るかね?」

「いいえ、けっこうです。立ったままで。いつも、ほとんど座ってばかりいますから」

バイラムは両手を背後にまわし、ピシャリと打ちあわせた。太く響く声に、うわべだけの誠意を込めて彼は言った。「さて、君と個人的に話す機会を持てて嬉しく思っている。ホイル警視から聞いたところによると、君は絶対的に信用できる男だと」

「そう言ってくださるとは、光栄です」パイパーが言った。

「彼は本当のことしか言わない……私もそれは確信している。明らかに彼は『モーニング・ポスト』のクインも長年知っているようだ」

「たぶん、私のことよりも長く知っているはずです。クインが殺人を犯すようなタイプではないと言ってませんでしたか?」

バイラムのずっしりとした顎が下を向いた。重々しい声が言った。「殺人と言う手段をとる人間は、どんな特定のタイプにも属さない。君と私だって――ちょっと行き過ぎたところまで追い詰められたら――自分を守るために殺人を犯しかねない。まあそれは、もちろん純粋に学問的な観測だが」

「あなたのクインに対する疑惑には、学問的な面など何もありませんが」パイパーは言い返した。

警戒の色がバイラムの眼に浮かんだ。彼は言った。「あなたは誤った印象をお持ちのようですね、ミスター・パイパー。クインがミセス・メルヴィルの死に直接関係があるとは、一度も示唆したことはありません。私が理解できなかったのは――今もですが――彼と彼女の関係の本質です。そして、私には職業柄、理解できないことは調査する義務があります」

「二人のあいだにはなんの関係もないという彼の供述を受け入れていれば、理解するのは簡単だと思いますが」

「もし、受け入れていれば――そうだ。しかし、それを信じるのは難しい。一度も会ったことがないのに彼女は彼に電話した――言わば、やぶから棒に――そして、亭主との結婚生活について話しはじめた」

「彼女のような状況におかれた女性の行動は、慣例に縛られたりはしないでしょう」パイパーが言った。

「そうかもしれないが。その上、彼女は自分が運転していたとクインに告白している。まったくの他人にそんな話をするなんて、本当に信じられるかね？」

「彼女は彼を他人とは見なしていなかったんです。彼は彼女の夫の友人だった――そして、彼女に良きアドバイスをしてくれる立場にある理解ある友人ということになっていた。少なくとも彼女はそう考えていたのです」

「わかった。とりあえず、それを受け入れるとしよう。でも、彼女はどうしてアドバイスが必要だったんだ？」

「問題を抱えていたからです」

「確かにそうだ」バイラムは重々しく言った。「とても大きな問題が。しかしそれは、アーサー・キングが轢き殺された事件となんの関係もないだろう。ありのままに言えば、ミスター・パイパー、彼女は非嫡出子を産もうとしていたんだ。それ以上に重荷となるようなことが、彼女の心の中にあるだろうか？」

「人はそう思うでしょう。しかし、私はクインが言ったことだけを基準として判断している。ふさわしいかどうかは別にして、彼女はそう彼に言ったんだ」

「しかし、全てを彼に話したわけじゃあるまい。彼が明かしたよりも、もっと多くのことがあるはずだ」

「もし、あるとしたら、彼はそれを知らないはずです」パイパーは言った。

バイラム警部は、頭の頂の生姜色の綿毛をマッサージした。まるでそれが痛むかのように。不機嫌な声で彼は言った。「盲目的な信頼とは、明白な点について目をつむることではない。翌朝、彼がバックス・コートにかけた電話についてはどうなんだ？」

「それが、なんだって言うんですか？」

「私の意見では、ミセス・メルヴィルがまだ生きているかどうか確かめるためにクインは電話をしてきた。その後、我々が彼女のカレンダーの記入を見て、自分のことを探していると気が付いた。そして、自分の話をでっちあげた」

パイパーが言った。「それは単なる推測です。とにかく、クインがミセス・メルヴィルの死と何らかの関係があると、あなたは、はっきりとは示唆していないってことですね？」

「そういうことだよ、ミスター・パイパー。つまり、彼女の死に対して直接の責任があるとは提言していない。しかし、もし彼女が自ら命を絶ったのなら、彼は――ただ、彼は――理由を知っているかもしれない」

「それじゃあ、再びクインがミセス・メルヴィルの恋人だったという考えに戻っているのですね？」

「ことによっては」

「もし彼がそうだったとしても、それは犯罪ではありません」

バイラムが言った。「法の目では違う――犯罪ではない。もしそれが、クインの果たした唯一の役目だったのなら、罰するのは彼自身の良心にまかせよう。私が懸念しているのは、ミセス・メルヴィルが死んだ朝にクインが電話をかけてきた動機だよ」

「どうして、彼が言ったとおりに受け止めないんですか？　前の夜、ミセス・メルヴィルが電話してきて、クインがそこにいなかったから――」

「そうだな、ミスター・パイパー、彼がなんと言っていたか、わかっている。だが、私はこうも考えている。ミセス・メルヴィルは最後にクインと話をしたとき、自殺すると脅していたか、ほのめかしていた。彼女が再び電話したとき、クインはいなかったが、折り返し電話する必要はないと誰かに告げた。彼女がかなり落ち込んでいる様子だったと聞いて、クインは様々なことをつなぎ合わせて考え、当然、また脅しの電話だと考えた」

パイパーが言った。「ちょっと待ってください、警部。そういった詳細をどうやって知ったのですか？　ミセス・メルヴィルがクインの同僚になんと言ったかまで」

「なぜなら、彼の編集長と話をしたからだよ。調べて情報を私にくれたんだ」

「それで、あなたは本当にクインが彼女を止めようともせず、死に追いやったと思っているのですか？」

「そうだね、それで、彼は救われることになったかも――」

「何もかも、ばかげています、警部。私には一言も信用できません」

「それは君次第だ。私はただ仮説を言葉にしているだけだ――それ以上のものではない」

「それは証拠の裏付けが少しもない仮説です」

「今はまだ、おそらく。しかし、私はそれを見つけようとしている。もし、証拠が存在するのなら、必ず見つける」

「何を証明するんですか？　もし、彼女が自殺だったのなら――」

「もし、という言葉をつけてくれるのは喜ばしいね、ミスター・パイパー。なぜなら、それもまた、あらゆる正当な疑いの上に確立しなければならない問題の一つだからだ」

「クインが彼女の恋人だと、どうやって証明できるのですか？　そんなの不可能です」

太く堂々とした声でバイラムは言った。「なぜなら、彼女は死んだからだよ、ミスター・パイパー。そう、死んだからだ」

「それじゃ、ひどく不公平ですね。あなたの推理方法から言って、いずれにしてもあなたが勝つという状況になります」

「必ずしもそうではない」

「他に何が？　あなたはただ、クインがミセス・メルヴィルの恋人だという意見を強く推し進めて、彼にそうじゃないことを証明させようとしているだけじゃないですか。彼を道理に合わない状況に追いやっているではないですか」

「しかし、彼が恋人のはずがないと決めつける方が道理に合わないと思うがね――我々はそういった男がいるってことをよく知っている――ヒュー・メルヴィルが刑務所に入っているあいだ、孤独から救ってやろうとした男だよ。亭主が親友から裏切られたのは、これがはじめてではないだろう」

「彼はメルヴィルの親友ではありません」パイパーが言った。「フリート・ストリートのパブでときどき会って、一緒に一杯やったりしていただけです。クインには、同じような親しい友人が他にも大勢います。彼はあらゆる職種の人間を知っていますから。……しかし、そういった知り合いを全て親友とは言いませんよね」

バイラム警部は再び両手を後ろに組んで、前後に揺すりはじめ、言った。「クインの話を額面通り受けとると、ミセス・メルヴィルは、クインと亭主が親しい間柄だと思っていたんではないかね？」

パイパーは言った。「ミセス・メルヴィルがどう思っていたか、私にはわかりません。……あなたも同じでしょうが。誰も彼女の心の中はわかりません」

「推測するのは、自由ではないかね？」

「私は、決定的な証拠もなしに人を非難するような推測はしません」パイパーが言った。「そこがあなたと私の正反対の部分です、警部。これ以上議論を続けても無駄でしょう」

「どうやらそのようだ。友情が均衡のとれた判断をする際の邪魔とならないことを願っているよ」

「では私は、偏見が良識に取って替わらぬよう願っています」パイパーが言った。「これくらいでやめておきましょう。楽しい午後をお過ごしください、警部……」

アマーシャムに着いたときも、彼はまだ憤慨していた。ハイ・ストリートの〈キングズ・アーム〉の外に車を停めていた。座席に座り、何度も何度も考えていた。彼が友情について語ったときのバイラムのブタのような眼差しを。

間違っている、すべて間違っている。クインを知ってる人なら誰もが……。

そこで、パイパーは気が付いた。彼の怒りの大部分は、自分自身に向けられたものだと。クインの持つ性格の良さや誠実さに拘わらず、バイラムは疑いの種を植えることに成功したのだ。

クインの話は、ありそうもない話だ。でも、クインは決して嘘をつかない。いつもばかげたことを言っているが決して嘘はつかない。しかし、ミセス・メルヴィルが二回の電話で何を言ったか、彼の説明は、ありそうに思えないことだった。……控えめに言っても。

全ては、彼の根拠のない言葉にかかっている。しかし、クインの言葉はいつだって信じるに値するものだった。

もし彼が既婚女性と関係をもっていたなら、それを認めただろう。他にどんな欠点があろうと、彼は非難を恐れるような臆病者ではない。

クインが〈キングズ・アーム〉の百ヤードほど向こうから道を横切ってくるのが見えたのは、ちょうど二時過ぎだった。彼のレインコートは前が開いたままで、ズボンのポケットに手を入れて歩いていた。

彼の細くやつれた顔は、どこか依然と違って見えた。昔、はじめて会ったときは、もっと颯爽としていた。

クインは車に乗り込んで、尋ねた。「どうだった？　何か興味深いことはあったかね？」

パイパーは言った。「あとで話すよ。それを暗闇の中の一筋の光と言うのかもな」

「そうだな。……ああ、そう思う。何がわかったんだ？」

「詩的な説明はいらないよ。何がわかったんだ？」

「ちゃんと話すから、そう慌てないでくれ。どうやら、エレンの恋人はマーティンなんとかと呼ばれていたみたいだ。過去数週間のあいだ、何度か薬局にいる彼女に電話をかけてきた」

「クロフォードから聞き出したのか？」

「ああ、彼は非常に率直だったよ」

「どんな感じの男だった？」

クインは言った。「今年の最優秀映画スターにはノミネートはできないね。どちらかと言えば、ポップアイドルって感じかね、哀れな見当違いの人類のために、神聖なるメッセージを抱いているようなな」

「他に何か言ってたかい？」

「薬局は、彼女の所有だと……。いや、少なくとも、メルヴィルが商売をはじめたのは、彼女のお金だと」

「クロフォードはどうやって知ったんだろう？」

「さあ、聞かなかったな。それが本当かどうか、すぐに確かめられると思うが」

「ああ、できるだろう。他には？」

「いや。まずは、そっちを進めるだけで充分じゃないか？」

「そうだな。もし、彼女がマーティンと呼んでいた男がわかれば……君を放免してやれるんだが」

「きっと俺たちが見つけるさ」クインが言った。

「いや、そうじゃないよ。今や君の嫌疑は晴れた。続きは警察次第だ」

「かもしれんな。でもまだ俺は『モーニング・ポスト』の記者として働いているんだ。この問題に関して、ちゃんとした答えを突きつけてやりたいのさ、あの親愛なる友人のデスクに、自分の力で……。もちろん、君のかけがえのない助けも借りて」

パイパーが言った。「わかった。しかし、バイラム警部には、薬局にかかってきた電話について話さなきゃならん」

「いいよ。必要なら、そうすればいい。じゃあ、不当な扱いを受けた哀れなリトル・ネルに話しを戻そう。俺が思うに、ヒューがエレンを必要としていなかったように、エレンももはやヒューを必要としていなかったんだ。不倫というところまでくると、二人の間にほとんど選択肢はなかった——しかし、とにかく、そこが非常に重要だ」

「と言うと？」

「彼女は死んで、彼は生きてる」クインが行った。

「それで？」

「エレンが死んだことによって——もし、彼女が誰かのために遺言状を残していなかったら——ヒューがかなりの額の遺産を受け継ぐことになる。そう考えられないかね？」

「そんな風に考えると、また袋小路に入ってしまうよ」

「今のところは……。でも、今だけだ。俺の考えを切り捨てないでくれよ、厳密に検討を始める前に」

自分自身に言った言葉が、パイパーによみがえってきた……。『答えはとても単純なのかもしれない。見えないだけで……。それとも、間違ったところを見ているのかも』

しかし、これが妥当なところとはとても考えられない。これはただ、議論のための議論をしているに過ぎない。

クインは言った。「一年間、そのことについて考えたとしても事実は変わらない。メルヴィルは妻が死んだ夜、確実に刑務所に収監されていたんだ」

クインは馬のように歯を見せて、ニッコリ笑って言った。「運がよかったな、ヒュー・メルヴィルにとって……。とてもとても、運がよかった。もし、彼が収監されていなかったら、彼にはいくつか説明すべき点があったはずだ、違うかね?」

第十一章

三時半に一本の電話が、『モーニング・ポスト』の記者室につながった。かけてきた男は、ミスター・クインと話したい、と言った。

ミスター・クインは外出中だった。「……もし、番号を教えていただけたら、かけ直すようお伝えしますが」

「いいえ、けっこうです。公衆電話からかけていますから。いつ頃なら彼と話せるか、わかりますか？」

「なんとも言えませんね。どこに行ったかもわかりませんから。お急ぎなら、編集長とお話しされた方がよいかと。お待ちください……」

交換台は混み合っていて、編集長が出るまでに少し時間がかかった。「もしもし？　誰かね？」

「ミスター・クインと話がしたかったんです。もし、教えていただければ――」

「ご用件は？」

「できれば、自分で彼に説明をしたいのですが……。よろしければ」

「つまり、個人的な用件ということかね？」

「いいえ、まったくそういったわけでも。バックス・コートと呼ばれるフラットで最近起こったことについて、彼が何か興味をお持ちだと思うんです。サットンデイルの近くの――」

「エレン・メルヴィルという、あの女性が亡くなったことについて話しているのかね？」

「はい。情報があるんです……。それについてミスター・クインと話し合いたいんです」

「なるほど。だが、彼が不在では話すこともできないだろう。私が話を聞いて、彼が戻ってきたら間違いなく伝えるようにしよう」

「いいえ、これは彼に関係があることなんです、他の誰でもなく。彼がいつ戻るか、まったくわかりませんか？」

「そのうち帰ってくると思うが……保証はできない。彼は今朝、パイパーという男と町の外に出かけたが――ジョン・パイパーだよ。パイパーの事務所に尋ねてみたらどうかね。番号を教えるよ……」


クインとパイパーが戻ったのは、だいたい五時十五分前だった。階段を上がっているあいだ、電話の鳴っている音が聞こえた。

クインが言った。「ある者は君が出ていくのを引き留め、またある者は戻るのも待ちきれず。慌てることはない。血圧が上がるぞ」

パイパーが事務所のドアの鍵を開け、中に入っても、電話はまだ鳴り続けていた。受話器を上げ、なぜバイラム警部がまたかけてきたのかと怪訝《けげん》に思った。

聞き覚えのない声が尋ねた。「ミスター・パイパー？」

「はい」

「ミスター・クインはそちらにいますか？」

「おります。お待ちください……」

クインが言った。「まったく変だな。俺がここにいるのをどうして知ってるんだ？　さらに俺たちが入って来た正確な時間までどうして？　精神感応《メンタル・テレパシー》って言葉を聞いたことがあるが……。もしもし、こちらクインだが」

電話の向こうの声が言った。「あなたのところの編集長がこちらの番号を教えてくれたので、あなたがいないか何度かかけてみたんです。ミセス・エレン・メルヴィルのことなんです」

「わかった。それで？」受話器を少し耳から離して、クインはパイパーに近くに寄るよう合図した。「ミセス・エレン・メルヴィルがどうしたんでしょう？」

聞きなれない声がパイパーの耳にも届いた。「……いくつか情報があるんです。自分自身の胸の中に留めておくべきではないと思いまして。警察に行くべきかもしれませんが、あなたが個人的にこの事件に巻き込まれていると知って……」

「誰からそのことを？」

「警察がバックス・コートのまわりの住人の家を訪ねて、新聞に出ていたあなたの写真を見せて、その人相書きに一致する男を見たことがあるか、訊いてまわっていたんです」

クインは言った。「なるほど、彼らが？」

「はい。なぜかは、わかってました……。でも、それは今、問題ではないんです。僕が先日、死因審問に出席したとき、あなたをお見かけしたんです。それで、知り合いの記者にあなたが誰か教えてもらったんです。それから、今日、『モーニング・ポスト』に電話をしました。あなたの編集長が、何とうとしていましたが――」

「彼ならね」

「――でも、彼には話しませんでした――」

「それは、よかった」

「――それで結局、ここの番号を教えてくれたんです。今、どこかでお会いして、個人的に話ができませんか？」

「もちろん、いいとも。どこから電話しているのかね？」

「レスター・スクエアです。電話をしても留守だったとき、時間をつぶすのにニュース映画館へ行っていたんです、あなたが戻ってくるまで。……今、電話ボックスにいます」

「それでは、ここに来るのはまずいかね？　ヴィゴ・ストリートにあるミスター・パイパーの事務所だよ、ピカデリー・サーカスからは二分で来られる。リージェント・ストリートからオックスフォード・サーカスの方へ向かう途中の左手にある。わかるかね？」

「はい……でも、これは個人的な問題で、できれば――」

「パイパーは全部知っているんだ」クインが言った。「さらに言えば、彼を信頼しても大丈夫だ。エレン・メルヴィルについては、私が知っていることは全部彼も知っている。君は私に話したいことがあれば、自由に何でも彼の前で話してもいいんだよ」

電話の主は十秒ほど考え、決心がつくと言った。「僕が望むのは、彼が信用できるか、それだけです」

「思慮分別の権化と言ってもいい。住所はわかったかね？　よろしい。どのくらいかかりそうだい？」

「ほんの数分です。もう途中まで来てますから」

「けっこう。会うのを楽しみにしているよ」

クインは受話器を置こうとして、その手を止めた。「待ってくれ、ちょっと！ 忘れていたことがある」

「なんですか？」

「まだ、君が誰なのか聞いていなかった」

電話の男は言った。「僕の名前はヘーグです——ロバート・ヘーグ。バックス・コートの十五号室に住んでいます」


彼は荒削りなハンサムで、白い肌に青い瞳、スカンジナビア人のようなブロンドの髪をしていた。手は大きく力強く、運動選手のようにたくましかった。

どう話をはじめるべきか、迷いながらも彼は言った。「たぶん、まっすぐ警察に行くべきだと思ったのですが、バイラム警部の行動から察するに、僕がなんらかのトラブルを招いているのではないかと感じたのです……。もし、言っていることがおわかりでしたら」

クインが言った。「いや——まだわからないな」

「ええと、警部はきっと、人に発言する機会を与える前に自分で決めつけてしまうタイプのようでしたから」

「そうそう、わかるよ。でも、もし、君に発言の機会が与えられたら、何を言うつもりだったんだい？」

「エレン・メルヴィルは自殺ではないと、はっきり言ったでしょう。そう考えるのは――」彼はパイパーをちらりと見た。「彼女がそんなことをするなんて、実にばかげているからです。どんな理由があるにせよ、一つだけはっきりしています。彼女は自ら命を絶ったりはしません」

パイパーが言った。「かなり確信があるようだね」

「はい。決心するのに今までかかりました……。最初からわかっていたのですから、遅かれ早かれ何かしら手を打たなければと考えてはいましたが。もし、僕がこんなに臆病じゃなかったら、ミスター・クインの写真を見せられたときに、すぐに話してしまうべきでしたが」

「例え遅くなっても、何もやらないよりはましだ」クインが言った。「さて、前置きはもう済んだ。核心に入って行こうか。警察が私の写真を見せたとき、君は何を言うべきだったのかね?」

「彼らが、ミセス・メルヴィルの親しくしていた男性を探しているのは知っていました。……そして、それがなぜかも。最初から正直になれなかった僕の唯一の理由は、全てに恐ろしくショックを受けたからなんです。誰かが責任を負わされるなんて……。クインに責任があると、警察が立証できるはずはないと自分をなぐさめてもいました」

「なぜなら、君がミセス・メルヴィルの恋人だったから」パイパーが言った。

彼の瞳に突如苦痛が宿った。ヘーグは言った。「あなたが考えてるのとは違うんです。僕らは結婚するつもりでした。彼女が離婚したらすぐに」

「それは誰の考えかね――君か、それとも彼女か?」

「もし、あなたが意味しているのが――」

「私に食ってかかるのはやめてくれ。誰もが訊かれることを質問しているだけだ。彼女が離婚したら、結婚することになったのは、彼女が妊娠していると聞いたからかね？」

ヘーグの声にはまだ怒りが残っていた。「あなたはわかっていないんです、まったくわかっていないんです。まるで彼女が僕を説得したようにおっしゃってますが……まったくそうではないんです。僕は彼女と結婚したかった——赤ん坊がいようといまいと。そして、彼女も結婚を望んでいた。僕たちは愛し合っていたんです……」

彼は頭《こうべ》を垂れ、座って、絶えず動いている両手を見つめていた。それから、言葉を続けた。「自分がこんな風にミセス・メルヴィルを愛するように誰かを愛せるなんて思ってもみなかった。彼女のご主人が刑務所に入る前は、しばしば見かけても、挨拶をかわすぐらいでした……。それからある日、サットンデイルの自動車修理工場で会って、話をして……」

クインが言った。「彼女は赤ん坊ができたことについて、どのように思っていたのかね？」

ヘーグは顔をあげ、落ち着いた声で言った。「ミセス・メルヴィルは幸せそうでした。彼女の人生でこんなに幸せだったことはないと言ってました。ヒュー・メルヴィルと結婚してから、子供ができないのは自分のせいだと思っていたようです。それで、彼が憤慨してもしょうがないとあきらめていたんです。今度こそ彼女も喜んでいました……。なぜなら、それは彼の子供ではなく、僕の子供だからです」

長い沈黙があった。それから、クインが訊いた。「アマーシャムの店に何度か電話したことがあるかね？」

「ええ。彼女はそうしてほしくなかったんですが……あまり体調が良くなく、少し心配だったので」

「なぜ、彼女は君のことをマーティンと呼んだんだろう？」

「それは僕のミドルネームです。その名前で呼ぶのは、まわりに誰かがいるときでした。僕は人に知られてもかまわなかったんです。こそこそするのが嫌でしたから。でも、彼女は――」

彼の言葉が途切れたところで、パイパーが言った。「君たちは、どのくらいの頻度で会っていたんだい？」

「そんなに頻繁には会えませんでした。誰かに見つかるんじゃないかと彼女は心配してましたから。誰かに見つかるというのは、十三号室のミス・ガーランドのことかい？」

「そうですね。ミス・ガーランドは彼女の家に出入りする人を覗き見るには、ちょうどいい場所にいましたから」

「そして彼女は、誰よりも訪問者に興味をもっていた」パイパーが言った。

「そうです――」ヘーグは落ち着かない様子だった。「そう思います」

「単なる想像にはとどまらないが……もし、私の推測が正しければ。ジーン・ガーランドについては、どのくらい知っているのかね？」

クインは何か言おうとしたが、考えを変えた。ヘーグが尋ねた。「どういう意味ですか？」

「深い意味は何もない」パイパーが言った。「ただの単純な質問だ。どのくらいジーン・ガーランドを知っているのかね？」

「彼女は、バックス・コートの住人の一人です。……それだけです」

「ミセス・メルヴィルも住人の一人だが、それだけの関係ではない。彼女と知り合いになる前にミス・ガーランドと親しかったのでは？」

ヘーグが言った。「僕には、わかりません。なぜ答える必要があるのか――」

「おそらく、その必要はない」パイパーが言った。「だが、我々三人は、これを期にこの事件についてはっきりさせたいんだ。そうするには何一つ隠し立てしないことだ。もし、協力する気がないのなら、なぜ最初にここに来たんだ？」

ヘーグが答えを考えているあいだ、パイパーが続けた。「私がこの件に関わるようになったのは、ただクインを助けたかったからだ。今や、彼にはなんの助けも必要ない。君が彼の疑いを晴らした。しかし、君の関心はもっと深いところにある。もし、ミセス・メルヴィルが自殺でないとすれば……」

クインが言った。「誰かが彼女を殺した。面白半分にやったわけではない。誰がやったにせよ、動機があった。今のところ、警察は、私が犯人かもしれないと……。しかし、今や君が私の立場に取って替わった。そして、今わかっているのは、彼女と結婚するつもりだったという君の言葉だけ。彼女が厄介になって殺すしかなかった、と誰に思われても不思議はないだろう？」

ヘーグの顔が不意に曇った。重苦しい声で言った。「そんなことは言われたくない。もう充分だ。ここに来たのは間違いだった。今になってわかりました――」

「間違いではないよ」パイパーが言った。「君は正しいことをした。ここまできたら、もう戻ることはできない。誰がエレン・メルヴィルを殺したにせよ、その報いを受けるべきだ。それは他の誰よりも君が望んでいるはずだ」

息に詰まった声でヘーグが言った。「そうです……。僕がそう望んでいるのは、間違いありません。でも、誰にでも疑惑を投げかけるのは公正ではありません。たまたまエレンの知り合いだった人とか……僕とか」

パイパーが言った。「殺人は公正ではない。君には、すべての件を公にする義務がある。関係者全員のために。無実の人間は真実に傷つけられることはない」

「そのとおりです……。ないと思います」

「大変よろしい。それでは、ミセス・メルヴィルと知り合う前は、ミス・ガーランドと親しかったのかね？」

「そうです」

「どのくらい？」

「ええと――一、二回、夕食に誘ったりしました。別のときは映画に行ったり。それだけです。それ以上のことなど本当に何もありません」

「それは君がそう思っているだけかもしれない。ミス・ガーランドも同じだと言いきれるかね？」

ますます落ち着かない様子でヘーグは言った。「つまらないことで、ずいぶん大騒ぎするんですね。特別な意図があるように勘違いされる覚えはありません」

「最後に彼女と出かけたのは？」

「確か六か月か七か月前です」

「すぐそのあと、ミセス・メルヴィルとの交際がはじまった？」

「すぐではありません」

「でも、しばらく経ってからではないね？」

「ええ」

「それじゃあ、ジーン・ガーランドを捨てて、エレン・メルヴィルに乗りかえたと見られても仕方ないのでは？」

怒りが沸騰したヘーグは言った。「その言い方は人にまったく違った印象を与えます。僕がミス・ガーランドを捨てたという可能性は皆無です。ただお互い会うのをやめただけ、それだけです」

クインの心の中には、半分だけ彼の言葉が入ってきた。残りの半分は、ジーン・ガーランドが電話で言ったたくさんの言葉を思い出していた。

「……あなたには興味深いでしょうけど、ミスター・パイパーも私と同じ考えよ。彼の意見でも、ミセス・メルヴィルは自殺だって。……ヘーグっていう名前の人が。……一、二回しか会ったことはないけれど。見た目は悪くないわ。誰かが言ってた……彼はクラブで働いているとか、でも、そこで何をしているか、本当かどうかもわからない……」

彼女は自殺だという考えを強調しながら、同時に、ヘーグと交流があったという事実を隠していたのだ。自分がばかなことをしたのを他人に知られたくなかっただけかもしれない。女性には傷ついた虚栄心を守る権利がある。

彼女にとってヘーグがどれだけ大切だったかに全てはかかっている。彼女はまだ充分対抗できる年だ。もし、ヘーグとエレン・メルヴィルのことを知っていたら……。彼を取り戻すのに、たった一つしか方法がないとしたら……。

彼女の屈託のない声がクインの心の中に響いていた『……言ってみれば……私はかなり自己充足型の生活を送っているから』

今、それは嘘だったのだとわかった。おそらく他の全ても嘘だったのだろう。

彼らはジーン・ガーランドを見落としていた。もしヘーグが出てこなかったら、誰も彼女を疑うことはなかっただろう。

『……水曜日は彼女が休みの日だ。たぶん、その日は家政婦が来るので、前の晩に十二号室の鍵をいつもミス・ガーランドに渡していたのかも。家政婦を中に入れるために……』

それは、単なる憶測ではなかった。それが、彼らが求めていた答えなのかもしれない。

ヘーグの声が続いている。しかし、その言葉は何の印象も残さなかった。彼は繰り返した。「……ただ、お互い会うのをやめただけです」

それから、こうつけ加えた。「この件については、これで全部です。たまには一緒に楽しい夜を過ごしたこともあります。……でも、何もありませんでした」

クインは自分に言った。ヘーグの奴はなんてばかなんだ。もし、自分を信用してほしいのなら。まともな人間なら、こんなことまで……。

パイパーも同じ考えを抱いたかのように質問した。「彼女と寝たことは？　ミスター・ヘーグ？」

一瞬、ヘーグの怒りが再び沸騰しそうになったが、やがておさまった。

いかにも気の弱そうな声で彼は言った。「知る必要があるのなら、答えはイエスです。でも、そんなのはよくあることだ。永続的なものとは誰も思わない。結婚なんて、まったく……彼女を困惑させるようなことは、どうか何も言わないでもらいたい。彼女は本当にいい子で、そんなことを言われる筋合はない」

パイパーが言った。「もし、ミス・ガーランドがこの事件において、君との過ぎ去った情事の相手に過ぎないのなら、彼女を困らせたりしないと保証するよ。誰か他にエレン・メルヴィルに危害を与えたがっていたような人は考えられるかい？」

「いいえ、正直言って本当に考えられません。彼女にひどい扱いをしていたのは、ご主人だけですから」

「それでも君は、彼女は自殺ではないと主張するのだね」

「ええ、そんなことをする理由がないからです。最後に彼女と会ったときも――」

「それは、いつだい？」

「月曜の夜です。彼女と別れたときも、とても幸せそうでした。水曜の夜までは会えないことになっていました。なぜなら、僕は火曜には家にいないので……」ヘーグは深呼吸し、黙り込んだ。

「火曜の夜、どこかへ行くと彼女は言ってましたか？」

「いいえ、彼女は滅多に外出しません……。僕のフラットにあがってくる以外は」

「あなたは、彼女の部屋を訪ねたことはないのですか？」

「それは、あまりにも危険だ……。さっきも言ったが」

パイパーが言った。「そうだな、さっきも聞いた。火曜日に誰か訪ねてくることになっていたとか？」

「いいえ、僕の知る限りは」

「一つ、訊きたいことがある」クインが言った。「彼女に睡眠薬を飲む習慣があったのは、知っていたかね？」

ヘーグに考える時間は必要なかった。「はい、知ってました。そんなに頻繁には飲んでいませんでしたが……最初の頃のようには、つまり、ご主人が刑務所に入ったあとのようには。ときどき、残っているカプセルを飲むくらいで」

「そのことについて、他に知ってる人は？」

「なんとも言えません。僕が知っているのは、彼女が一人ぼっちで残される前には、そういったものは必要なかったってことです」

クインは頷いた。「彼女の医者もそう言っていた。ひどい亭主でも、いないよりはましってことのようだ」

腕時計を見て、ヘーグは立ち上がった。パイパーが尋ねた。「ヒュー・メルヴィルに会ったことは？」

「時々、近くで見かけましたが、話したことはありません……挨拶するくらいしか」

「酔っぱらっているのを見たことは？」

「ないです」

「彼の奥さんは、彼には飲み過ぎる習慣があると言ってませんでしたか？」

「いいえ。メルヴィル氏は妻を相応に扱っていませんでした。……しばしば彼女を一人家に残して、自分のやりたいようにやっていました。長い間、夫婦として一緒に住んではいないようでしたし……。でも、それは飲酒とはなんの関係もないように思います。彼らはお互いに相性が合わなかった、それだけです。結婚すべきではなかった。問題は、彼女がそのことに気付かなかった――ずっとあとになるまで」

クインは思い出した。あの遠い日の夜、ヒュー・メルヴィルと〈スリー・フェザーズ〉で会った夜のことを。ヘーグが言った言葉は、結婚に対するメルヴィルの意見と一致していた。

『……ひとたび結婚すると、生涯幸せに暮らせるなんて勘違いしちゃいけない……それは誤った認識だ。でも、気付いたときには、もう遅すぎるのさ……』

パイパーが言った。「感謝するよ、ミスター・ヘーグ。名乗り出て、進んでこれらの情報を提供するには相当の勇気を要する。君のような立場に置かれた男の多くは、ただ口を閉ざしているものさ」

ヘーグは肩をすくめ、クインが言った。「私も何より君に感謝していることを知っておいてもらいたい。もし、連絡をくれなかったら、何一つ主張することもできず、警察も私の話を信じなかっただろう」

苦しそうな声でヘーグが言った。「そういう気持ちに駆られたんです。……どうしても。エレンのために放っておくことはできなかった。何が起こったか知らなきゃならない。もしそうしなければ、一生、僕はそれに縛られることになる」

「おわかりだと思うが、バイラム警部に君とミセス・メルヴィルのことを話さなきゃならない」

「ええ。そうするしかないですよね。あなたの事務所に電話する前から、気持ちの準備はできていました」

彼は一方の手から、もう一方の手へ帽子を持ちかえ、二人に尋ねた。「他に質問はありますか？それとも、もう行ってもいいでしょうか？」

クインが言った。「もう一つだけ。ミセス・メルヴィルは、ご主人が刑務所に入ることになった事故について何か話していたかね？」

ヘーグは少しのあいだ考えた。「ええ、でも、そんなに多くは。実際、そんなに話すこともありませんからね」

「彼女がその話をしたとき、どんな様子だった？」

「大体あなたの予想通りでしょう。彼女も同乗していた車で、キングという男が殺された。その事実から、なかなか逃れられずにいました。少なくとも最初は。やがて、彼女がそこまで病的になっても何もならないと僕は説得しました。全ては終わって、済んだことなのだから……。それに、いずれにせよ、彼女に責任はない」

「最近はそのことについて、何か話していましたか？」

「いいえ、最後に話したのは数か月前です。彼女がそのことをずっと気にしているのを僕が嫌がっていたので、それを知って、その話題には決して触れませんでした」

「おそらく、君には話さなかったのだろう」クインが言った。「しかし、二、三週間前に彼女が私のところに電話をしてきて、事故の責任は自分にあると告白したんだ。それを聞いて、きみはどう思う？」

ヘーグの淡い青色の瞳に当惑が浮かんだ。「たぶん、あなたは間違ったとらえ方をしたのでしょう。どうして彼女に責任が？」

「まず最初に、彼女は自分があまりいい妻ではないと感じているようだった。そして――」

「そんなのばかげている！　妻をないがしろにしていたのは亭主の方だ」

「おそらく。私はただ彼女が言った言葉を伝えているんだ。いずれにせよ、そのことは忘れていい。二回目の電話で、車を運転していたのは自分だと彼女は告白したんだ――夫ではないと。彼はただ彼女を守るため、責任を負っただけだと」

ヘーグは当惑し、息もつけないほどだった。ぐっとこらえ、クインからパイパーへと視線を移して言った。「こんな常軌を逸した話は聞いたことがない。そんなのでたらめです」

パイパーが言った。「君に保証するが、クインは嘘を言ってはいない」

「嘘だとは言ってません。でも、もしあのとき何かあったとすれば、彼女は僕に話していたはずだ、そうですよね？」

「それは想像がつく。奇妙なのは彼女がそうしなかったことだ。君がどのように話を受け取るか、彼女が恐れていた可能性はあるかね？」

「いいえ、ありません。僕がどう思っているか、ミセス・メルヴィルはよく知っていました。それによって彼女に対する気持ちが変わるとか、微塵もないってことを」

「それでも、彼女は隠していた。彼女が話したのは、唯一クインだけ——一度も会ったこともない男にだ。クインについてミセス・メルヴィルが知っているのは、夫とほどほどに仲がよく、事故が起こった夜に一緒に飲んでいたということだけだ」

ヘーグは、またしばし考えていた。それから、クインの方を向いて訊いた。「彼女はあなたに何を望んでいたんですか？」

「アドバイスだよ」クインが言った。

「どんなアドバイスを？」

「警察に行って、夫の有罪判決は誤りだと言うべきか」

奇妙な声でヘーグは尋ねた。「あなたは、なんてアドバイスしたんですか？」ヘーグは、無視できない問題に直面するのを恐れているかのようだった。

クインが言った。「もし、警察に話しても、何も事態は変わらないという可能性を指摘した。警察は彼女を信じないだろう。刑期を終えようとしている夫を今更救おうとしても遅すぎると考えるだろう」

「それに対して彼女はなんと答えたんです?」

「おそらく、私の考えが正しいと。しかし、それでもまだすっきりしないようだった」

「それで、あなたは何を言ったんですか?」

「彼が刑務所から帰ってきたら、その埋め合わせができるだろうと。結婚生活を修復するよう試みることによって。もちろん、そのとき私は君のことは知らなかった。知っていたら……」そこでクインは言葉を失った。

ヘーグの手は、力尽きたかのようだった。落とした帽子を拾い、重苦しい呼吸をしながら立っていた。

それから、押さえていた感情が一気に溢れだした。彼は言った。「今になって、以前見えなかった多くのことが見えてきました。最後の数日間、彼女が変わったのを覚えています。そのとき……」

彼はクインの襟をつかみ、もう少しで床から持ち上げようとしていた。「この野郎! 知ったかぶって邪魔をしやがって! どうして、余計な忠告を自分の胸にとどめておかなかった? あんたは彼女に十字架を背負わせたんだ。わからないのか? 俺はなんてばかだったんだ、あんたを気の毒に思って――」

パイパーが二人のあいだに入った。彼はヘーグの握りしめた手をほどき、彼の目から怒りが消えるまで押さえつけた。

誰も何も言わなかった。ヘーグは息を吐いてから再び帽子を拾い、目が見えないかのようによろよろとドアに向かった。振り返ることもなく、一言も言わず、彼は出て行った。

クインは動揺している様子だった。全てのポケットをくまなくひっかきまわし、それから呟いた。

「煙草があればなあ。ストレスを感じるときは、煙草が神経を鎮めてくれるんだ……」

パイパーが一本彼に差し出した。クインは火をつけ、肺いっぱいに吸い込み、顔が赤くなるまで咳き込んだ。

再び息ができるようになると、クインは言った。「俺は、正しいことをしても必ず間違った結果になる、そういった人間の一人だな。亡くなったミセス・メルヴィルに電話をしてくれと俺が頼んだか？　彼女に意見を押しつけたか？　彼女の恋人に彼らの不倫を明らかにするよう招いたか？　誰もが考えるだろう――」

「忘れるんだ」パイパーが言った。「起こったことは君のせいじゃない。もうオフィスに戻った方がいいだろう。あの編集長が探しまわる前に」

「バイラム警部はどうする？」

「私がなんとかする。ヘーグがエレン・メルヴィルとの関係を認めたことを話すよ……。それで、君は放免される」

「それからどうするつもりなんだ――バイラムに任せるのか？」

「いや。ヒュー・メルヴィルという男と内密に話すつもりだ。全ては彼がはじめたことだ。あの夜、車を運転していたのは誰か、今や彼だけが真実を知っている。もはや、彼が真実を話せない理由など何もないはずだ」

クインが言った。「オーケー。すべて君にまかせる。しばらく俺は人目につかない場所で傷口でも舐めてるさ」

彼はドアの前まで行くと、振り返って訊いた。「バイラムに、ミス・ガーランドとヘーグのことを……そういった全てのことを話すつもりかい？」

「たぶんね。どうして？」

「ああ、別にその必要はないんじゃないかと思ってね、それだけだ。君も彼女に会ったんだろう？」

「ああ。でも、なんの関係があるんだい？」

「そうだな、君は信じないだろうが、彼女はそういったタイプじゃ――」

「私は、自分で証明できることだけを信じている」パイパーは言った。「それから、今日の午後、バイラムが言った言葉を引用したい。『殺人という手段をとるような人間に、特定のタイプなどいない』それは女性にも同様にあてはまる……。君にもわかると思うが」

一瞬、クインは誰も彼をも憎んだ。人々は腐っている。誰かを完全に信用するなど愚かなことだ。だから、いつも誰かが傷つくんだ。

それから、その気持ちは薄れ、クインは言った。「全てから手を引く気はないだろうな？」

「そうだな――それはできない」パイパーが言った。「足を踏み入れ過ぎた。情報を提供しないことは、刑罰の対象にもなるのを知らないのか？」

第十二章

ホイル警視は会議に出ていた。「……五時半かそのくらいには終わるでしょう。電話をするよう伝えます、ミスター・パイパー。……はい、番号はわかります」

マカフィー巡査部長は、警部は外出中だと告げた。「……そろそろ帰ってくる頃ですので、そんなに遅くならないと思います。戻りましたら、お電話いたしますか？」

パイパーが言った。「はい、お願いします。ここに六時頃までおりますので」

しばらく彼は座ったまま、意味のない殴り書きを吸い取り紙に描いていた。いくつかの名まえを書いては消し、脳裏をかすめる会話の断片を走り書きした。それらの中から、たった一つのことが残った。ようやく彼は立ちあがり、あちこち歩きはじめた。窓からドアへ、何度も何度も、それまで味わったことのないような落ち着かない心で。

全ての話を煎じ詰めれば、たった一つのことに辿り着く——彼自身がバイラムに言及した言葉。『ミセス・メルヴィルが何を考えていたか、私にはわからない……。あなたも同じでしょうが。誰も彼女の心の中はわからない』

特に奥深い言及とは言いがたい。明白なことを言ったまでだ。しかし、それでも……。

誰もエレン・メルヴィルについて深く知るものはいない。彼女の夫は別として、ロバード・ヘーグとミス・ガーランド、そしてクロフォードという男は、かつて彼女と何らかの交流があった。『……クインは二回、彼女と電話で話しているが、遠距離での会話は間接的な印象しか彼に与えなかったはずだ。そして、私が知っているのは彼から聞いたことだけだ。

もし、ミス・ガーランドを信用するなら、ミセス・メルヴィルは罪の意識でいっぱいだった。なぜなら、夫に忠実ではなかったからだ。そして、罪悪感と恐れがあいまって、彼女は自殺へと駆り立てられた。

もし、ヘーグを信じるのなら、自殺ではない。ミセス・メルヴィルは罪の意識を感じてはいなかった。未来に何が待っていようと彼女は恐れてはいなかった。メルヴィルとの離婚が成立したら、彼らはすぐに結婚する予定だった。彼女が最後にヘーグを訪ねたとき、幸せに胸を躍らせていた。

クインは、彼女の神経が高ぶっていたと言い……ミス・ガーランドは、エレンが何かを心配していたと言い……ヘーグが言うには、エレンが危惧しているとすれば、たった一つ、ご主人が離婚に同意してくれないかもしれないということだ……』

三人の異なる人間が三つの異なる意見を持っている。ミセス・メルヴィルの三つの真実。

クインによれば、彼女は自分が夫にしたことに対して自責の念に駆られた女性だった。ミス・ガーランドによれば、彼女は夜ごと出歩く夫に言い訳をして、家にばかりいる妻。ヘーグにとっては、彼女は激しく情熱的で、何年も夫にないがしろにされたあとで、一人の男性に求められ、相手に喜んで自分を捧げるような女性。

三人の異なった人々……四人目の意見もあった。フランク・クロフォードが言っていた。『……ちょっと興奮したような様子でした。何かが起こるのを期待しているような』

従って、クロフォードはヘーグの話を立証することになる。しかし、クインはミス・ガーランドと同じ印象を抱いた。

五分五分だな……。彼らのうちの誰かに嘘をつかなきゃならない理由があったのかもしれない。あとの二人は嘘をついていない。

もう一度、パイパーはそれまでに聞いたことをよく考えてみた。そしてもう一度、事件全体の核心に戻ってみた。

ミス・ガーランドは、ミセス・メルヴィルが何かを懸念しているようだったと言ったが、それはきっと正しかったのだろう。ミス・ガーランドの気遣いが、かえって彼女に懸念をもたらしたのはもっともなことだ。上の階に訪ねて行くところを見られるのを彼女は心配していたのだ。事情が事情だ。ミセス・メルヴィルの情事に隣人がいらぬ興味を抱き、彼女は常にぴりぴりしていたことだろう。

『……おそらくこの不安がつのって、クインに電話をすることになったのではないか。なぜ彼女の神経が高ぶっていたかも説明がつく……。もし、クインを信じるのなら……信じられるはずだ……。なぜなら、彼はクインだ……』

まったく説明がつかないのは、クインに電話をしたミセス・メルヴィルの動機だ。亭主が刑務所に送られた事故の原因より、彼女にはもっと心配すべきことがあったはずだ。

バイラム警部は言った。『……彼女は確かに問題を抱えていた――とても深刻な問題を。しかし、それはキングが殺された事故とはなんの関係もないはずだ……』

彼女が最初にクインと連絡をとったときは、すでにヘーグと深く関わりをもっていた。彼女は夫に不貞を働き、積極的に離婚の計画を進めていた。彼女の心を一番大きく占めていたのは、そのことだ。

バイラムは、こうも言っていた。『……ありのままに言えば、彼女は非嫡出子を産もうとしていた……』

誰もが正しい――でも、何かが間違っている。とてつもなく間違っている……。彼らの一人が言った言葉に欠陥があるはずだ。

クインではない。少なくともあれらの電話の説明についての一部は、彼の同僚に裏付けられている。エレン・メルヴィルが死んだ夜、最後の電話を受け取った人物だ。

『……音がかなりこもっていたので……回線がよくなかったようで、でも、彼女は何度もけっこうです、と繰り返していたのを覚えています……とても沈んだ声だったのも、わかりました……』

この矛盾の迷路から抜け出すには、たった一つの方法しかないことをパイパーはわかっていた。最後の夜、何かがミセス・メルヴィルに起こったのだ。彼女の計画を全て変えるようなことが。

それがなんであろうと、彼女はクインの助けを必要としていた。何がなんでも必要としていたのだ。クインがそこにいないとわかると、ミセス・メルヴィルが頼れる人はもう誰もいなかった。

『……だとすると、それは彼女がヘーグには相談できないようなことに違いない。絶望に駆られた最後の瞬間、彼女にすべきことはたった一つしかなかった。

彼女が睡眠薬ではなく、ガスを使った疑念については、まったく何も証明されていない。それこそ、最初に考慮すべき問題だ。彼女は自ら命を絶ったのだ。

我々の探求も厳密な調査も、もし、バイラムがクインを理由もなく巻き込まなければ、全て避けられるものだった。事件は単純に自殺という判決で片付いただろう。つまりはそういうことだったのだ……。他の原因であるはずがない……』

しかし、たったひとつのことが、パイパーの心をしつこく悩ましていた。それで落ち着かないのだと、自分でもわかってはいた。誰かが知らなくてはならない。あの夜、エレン・メルヴィルが薬を飲み、ベッドに入ったとき、何が起こったか。もしも正義がなされるのなら、彼女の死に対して誰かが罪を負わなくてはならない。

バイラム警部は五時十分に電話してきた。彼は言った。「ちょうど戻って、君の伝言を聞いたところだ。今日の午後、ここを出てから考えが変わったかね？」

「いいえ、まったく反対です。ミセス・メルヴィルの恋人だった男を見つけました。おそらく、あなたもクインを追いかけまわすのをやめるでしょう」

「君は私を誤解しているよ、ミスター・パイパー。私はただ――」

「いいえ、警部、クインをまったく誤解しているのはあなたの方です」

「まあ、勝手に思うがいい。その男はどこに？」

「十五号室です。バックス・コートの。彼の名まえはロバート・マーティン・ヘーグ」

「ミセス・メルヴィルが亡くなった夜、彼はどこに行っていたか話したかね？」

「いえ、聞きませんでした。でも、彼にはしっかりとしたアリバイがあります――正真正銘のアリバイが」

「それじゃあ、そういうことだな」バイラムが言った。

「いや、それだけじゃない。彼と話しをしてみたら、あなたの仕事はまだ終わっていないと気付くでしょう……。まだまだ、だと」

「なぜかね？」

「彼がクインと私に言ったことをあなたにも話すでしょう。エレン・メルヴィルは死んだ前の晩、彼と一緒だった。その夜、彼らは、彼女の離婚が成立したら結婚する計画を立てていた。ヘーグは言っていました。彼女は幸せそうで、新しい生活を始めることにわくわくしていたと」

「その場合、自殺の可能性はますますないな」バイラムは言った。

「そのとおりです。それに、成果はまだあります、警部。実験してみたんです。ドアの下に敷物を敷いて。もし、それを効率よくやってみると――」

「その実験はすでにやってみたよ、ミスター・パイパー。ドアを閉めたあと、敷物を中から置いたようにみせかけるのは難しくはなかった。実際には、外から閉める前にドアの下の方に立てかけておいたんだが」

パイパーが言った。「それでは結局、あなたの最初の考えが正しいかもしれない。誰かがガス栓を開け、自殺に見せかけるように状況を整えた――部屋のスペアキーを持っている誰かが、仕事を片付けると、それを化粧台の引き出しにしまった」

束の間の沈黙のあと、バイラム警部が言った。「ここだけの話として、彼女が喜んで鍵を渡すであろう人物が一人だけいる」

「誰ですか？」

「彼女の恋人だよ――ヘーグという男。アリバイがあろうとなかろうと、彼には手段があり、機会があり、動機があった」

「手段と機会はあります――おそらく。しかし、もし明らかな動機があれば、自分の意志で名乗りでないでしょう——あんなふうに——そして自分とエレン・メルヴィルとの関係について打ち明けたりもしない。彼にはそうする必要がなかったのだから」

「ただ彼は、我々が自分の存在をつきとめられるかどうか、確信がなかった」

「例え、つきとめたとしても、彼はただ彼女との関係を否定すれば済んだことだ。そしてあなたは何も証明することはできなかったでしょう」

「もし、お互いに行き来しているのを見られていなかったら、だが」バイラムが言った。

これは、パイパーが待っていた瞬間だった。もしも率直に尋ねられたら、率直な答えを返すしかないだろう。しかし、もし、そうしなければ……。

彼は言った。「あなたはバックス・コートの住人や周辺の人達と話したのでしょう? これまで収穫はありましたか?」

「いいや……。まさにそのとおりだ。なぜ、彼は表に出てきたのだろう」

「主な理由は、彼はエレン・メルヴィルが自殺だと信じていないからです」

「それで、彼は彼女の死に対して復讐を?」

「何かそういったことです」パイパーが言った。

その瞬間は過ぎた。これでバイラムは、ヘーグとジーン・ガーランドがただの隣人ではないことを自ら調べるしかなくなった。

再び沈黙があった。パイパーは、ホイルが今、電話をかけてこないようにと願った。

それから、太く響き渡る声でバイラム警部が言った。「彼に尋問すれば、もっと詳しくわかるだろう。いずれにせよ、電話をしてくれてありがとう」

パイパーが言った。「お役に立ててよかった……功績はクインのものですが。ヘーグが連絡してきたとき、ちょうど彼が私のオフィスにいたんです」

「それはよかった。君の友人に伝えてくれ、ちゃんと彼の功績だと心に留めておくって。これで、だいたい全部のようだが？」

「全部ではありません。今日の午後、ハイウィカムに行ってから、実に様々なことを考えました。お時間があったら、ぜひ考えていただきたいことがあるんです」

「もちろん。それは何かね？」

「そうですね、解決法のない難題と言えるかもしれません。少なくとも、私には解くことができません」

「わかった。もし、長くかからないのなら、私が挑んでみるよ」

「いくつかの質問だけですよ。一人の主婦が疑わしい状況で亡くなっているのが発見された場合、一番に挙げられる、最も理にかなった容疑者は誰になりますか？」

「亭主だな。しかし――」

「最後まで聞いてください、警部。もう知っているかどうか。アマーシャムにあるメルヴィルの薬局は、妻が出資しているか、所有しているかのどちらかです……。彼女自身、かなり裕福だったと考えられますが」

「ああ、内情について店の管理者から聞いたよ。そのあと、メルヴィルの弁護士から確証を得た」

「誰が、全てを受け継ぐことになるんですか？」

「ヒュー・メルヴィルさ。彼が唯一の受益者だからな」

「他の状況では、もし夫が、妻の死によって利益を受ける唯一の人間の場合、どういう手続きがふまれるのですか?」

バイラム警部が重々しく言った。「夫は様々な点について質疑を受けるだろう。しかし、こういった話がなんになるんだ?」

「私にもまだわかりません。ただの一つの論法です。電話で話しているうちに触れておこうと思ったんです」

「そうだな、この特殊な事件では君の論法は壁にぶち当たるだろう——刑務所の高いブロックの壁だ。他ならぬ彼女の亭主が六か月以上も前に送られた刑務所のな。妻が死んだ夜、彼はそこにいた。これからもまだ数か月そこに留まるだろう」

「それじゃ、彼には、あなたの言うところの第一級のアリバイがあるということですね」パイパーが言った。

「これ以上ないくらいのアリバイだ」

「同感です。残念ですね」

「そうかね。我々は自分たちの理論を満足させるために、物事を好きなように進めることはできない」

「もちろん、そうでしょう。でもここに、妻を厄介払いしたいあらゆる動機を持った男性が一人います。彼女の金を相続し……自分に不貞を働いたことで仕返しができる。つじつまが合うと思いませんか?」

「そうだろうが——実際はそうじゃない」バイラムが言った。「だから、この話では全てどこにも辿り着けない」

パイパーは言った。「まあ、慌てることはない。何か他にもあるはずだ。ヘーグによると、ミセス・メルヴィルと親しくなったのは、ヒュー・メルヴィルが刑務所に入ったあとだと言っている。だから、メルヴィルはヘーグの存在すら知らないだろう」

「おそらくは。しかし、だからといって、何一つこの状況における基本的な事実を動かすことにはならない。妻の死に対する責任がメルヴィルにあるはずがない。疑いの痕跡は何もない。彼女が死んだ夜、彼は刑務所にいたんだ」

「そこが、何よりも興味深いところなんです」パイパーが言った。「そのことについて、考えてみてください、警部。あなたの考えがどこへ辿り着くか、驚くことになるかもしれません……」


五時半になっても、まだホイルから電話は来なかった。五時四十分を過ぎると、また部屋の中を行ったり来たり歩きはじめた。

話は全てつじつまがあっている。しかし、問題の核心の部分が揺るぎなく、岩のように固い。ある点において、クインとヘーグの話が食い違っている。つまり、クインかヘーグが嘘をついている。

しかし、クインは決して嘘をついたことがない。彼には理由がない——今になって——嘘をつくような。

しかしそれは同様にロバート・ヘーグにも当てはまる。嘘は見破られるものだ。彼は、ミセス・メルヴィルとの関係について嘘の説明をするくらいなら、目立たぬよう隠れていた方がずっと賢明だったはずだ。

従って、彼らのどちらも話をでっちあげる必要などないはずだ。クインもヘーグも真実を語っている——異なった二つの種類の真実を。

それが意味するところは、どちらか一人が間違っているということだ。何かをうっかり見落としてしまっているか——何かを付け加えてしまったか——知らず知らずに。正直な男は正直な間違いを犯すものだ……。

もしミセス・メルヴィルが車を運転していたなら、自殺する動機となったかもしれない。生まれてくる赤ん坊、ヘーグとの情事——これらは妥当な理由とはならない……ヘーグによると。

ジーン・ガーランドによると、ミセス・メルヴィルは罪の意識から逃れるため責任を負おうとした。しかし彼女には、罪悪感を持つ理由はなかった……。これまでにないほど幸せだった……。ヘーグによると……。ヘーグによると……。


ホイルが電話してきたのは六時十分前だった。彼は遅くなったことを詫びた。「……てんやわんやの一日だったんだ。今も時間があまりなくてね。何か用かね？」

パイパーが言った。「服役中の男を訪ねたいのですが。許可を出していただけませんか？」

「届け出が必要かもしれん。なんの罪で入ってるんだ？」

「危険運転致死罪です。十八か月の刑で」

「そんなに難しくはなさそうだ。最初は列車強盗の犯人かと思ったよ。詳細を教えてくれ。刑務所長と話してみるから……」

詳細についてメモを取ると、彼が訊いた。「これは先日、バッキンガムシャー州警察犯罪捜査課のバイラム警部から問い合わせがあった件と何か関係があるのかね？」

「はい、そうです。彼に話していただいたそうですね。推薦状をありがとうございます」

「ちっともかまわんよ。あの男のことは知らないが、随分と尊大な態度だったから、かなり分厚い推薦状を突きつけてやったよ。察するに、我々のアルコール依存症の友人クインは、ひどく不利な立場に置かれているようだが」

「そうだったかもしれません――でも、今は違います」パイパーが言った。

「よかった……それはよかった。すまないが急がなきゃならん。時間があったとき、いつでも連絡してくれ、会えるよう段取りをつけよう。このメルヴィルという男には、いつ会いに行きたいのかね？」

「明日――できれば、朝に」

「もっと前もって教えてもらえればよかったが。まあ、まかせてくれ。なんとかしよう」

「感謝します。お返しに、近いうちにちょっとしたトリックをお見せできるかもしれません」

「どんなトリックだ？」

「遠隔操作によって自殺を演出する方法です」パイパーが言った。

第十三章

面会は、がらんとした小さな部屋で行われた。水性塗料を塗った壁、擦り切れたリノリウムの床、頭の高さくらいにある鉄格子の窓。未塗装の欠けたテーブルを挟んで、二脚の木製の椅子《ウィンザーチェアー》があり、家具はそれだけだった。

パイパーは、背中を青白いライトの方に向けて座った。ヒュー・メルヴィルは、向かい側の椅子に体を強張らせて深く座り、腕を組んでいた。彼はずっと腕を組んだままだった。

目には疲れの色が見えた——事件の重みに押しつぶされそうになっている男の表情だ。彼にはもう、なんの気力も残っていないように見えた。

警察官が出ていって、彼らは二人取り残された。パイパーが言った。「会っていただけて、よかった。誰とも面会したくないのではないかと思っていました」

メルヴィルは肩をすくめ、生気のない声で言った。「なぜ断る？　気晴らしになるってのに。毎日何もすることがないのだから、歓迎するよ」

「同情しますよ」

「ともかく、ありがとう。そう思われる権利があるかどうかわからんが。法律では、これは人の命を奪った罰則ってことになっている……。法律は間違っちゃいない、そうだろう？」

「そうとも言えません」パイパーが言った。「ときには、ある種の不当な扱いを押しつけるだけの効果しかないこともある。あなたの場合、正義が適切になされたのかどうかわからない」

あまり興味もなさそうに、メルヴィルが訊いた。「それは、どういう意味だい?」

「あの夜、アーサー・キングが車に轢かれて死んだとき、運転していたのはあなたではないと言い出した人がいるんです」

驚きの表情が浮かび、メルヴィルの瞳から疲労感が消え去った。彼は言った。「もう一度言ってくれ。意味がよくわからない」

パイパーが言った。「あなたの奥さんが、亡くなる少し前に誰かに言ったんです。彼女が運転していたと。あなたが彼女を守るため、責任を負うことになったと」

メルヴィルの顔から表情が消えた。それから、荒々しく言った。「妻は正気じゃなかったんだ。まさかそんなばかな話をするために、ここに来たんじゃないだろうな?」

「それだけではありません。クインを覚えているでしょう――『モーニング・ポスト』で犯罪のコラムを書いている男です」

「ああ、もちろん覚えている。彼となんの関係があるんだ?」

「大いにあるんです。私が最初にこの事件に興味を持つようになったのは、クインがあなたの奥さんと――その、親しい間柄だったんじゃないかと警察が疑ったからなんです」

なんの感情も含めず、メルヴィルが言った。「まったく、ばかばかしいったらない。クインは俺の女房を知らない。二人は会ったこともない」

パイパーが言った。「もし、二人が会っていたとしたら、あなたが知らなかっただけではないかという考えもありますが」

「なぜ、私が知らなかったと？」

「なぜなら、たいていの夜、あなたは家にいなかった」

「誰から聞いたんだ？」

「あなたの隣人のミス・ガーランドからです」

「あの女には関係のないことだ。俺が夜出かけてたって、どうして知ってるんだ？」

「どうやら、あなたの奥さんが話したらしいです」

「それよりも、こそこそ嗅ぎまわっていたんだろう。彼女はそういった類の――」

メルヴィルは途中で言葉を切った。唇をきつく引き結び、テーブルを見下ろした。髪に混じった白髪が目を引いた。

それから、彼はしぶしぶ言った。「ある意味、それは事実だと思う。たぶん、そんなに頻繁に出て歩くべきではなかったんだ。でも、彼女は家にいるのが好きで……私は、夜の社交的な付き合いが好きだった」

話を続ける前、ゆがんだ笑顔をパイパーに見せた。「どうして、君にこんな話をしているのかわからないよ……。ただ、君は刑務所の牧師とは違う。妻が他の男の子供を身ごもっていたという知らせを告げて以来、彼は寛容の精神を私に押しつける以外は何もしなかった……。私が今どう感じるかが問題だと」

「彼女について、どう思っていますか？」

「特に何も。考えられるのは、彼女が死んだということだけだ」

そこで彼は、ふさぎ込んだように口を閉ざした。彼のハンサムな顔が、年齢以上に老けて見えた。

パイパーは訊いた。「他の男性がいると、今まで疑ったことはありますか？」

メルヴィルは顔を上げた。「いいや。そんな考えは一度も持ったことはない……。ここに送られてからも、そんなことは。まだ、信じられないんだ」

「不運なことでした――」

「ああ、そうだ。君が言おうとしていることは、わかるよ。事実に目をつぶっているのは、愚かなことだ。しかし、そんなことは起きなかったはずだと信じている、もし私がこんなことに――」彼は遠くを見つめるようにあたりを見まわした。「もし、私がここに来なければ。あれこれあって、彼女の重圧はどんどん大きくなっていったと思う。そんなときに、その男と出会ったのだろう。彼女の弱みに付け込んだんだ」

「奥さんを責める気持ちはないのですか？」

メルヴィルは、その質問に驚いたようだった。「ないよ……。今はない。最初はひどく頭にきた。しかし、よくよく考えて、間違っていると気付いたんだ。誰かを責めるとしたら、自分自身を責めるべきだ」

「みんながみんな、あなたのような態度はとれません」パイパーが言った。

「みんながみんな、危険運転で他人の命を奪い、刑務所に送られるわけじゃない」

再び肩をすくめ、メルヴィルが続けた。「特に、罪も犯していない場合。ああ、確かにあの男を轢いたよ。でも、それはあの男の過失だ。法廷で警察が何を言おうと、あれはキング自身の過失だ。俺は死ぬまでずっと断言し続けるつもりだ」

「血液中のアルコール量が既定値を超えて運転し、有罪判決を受けた場合は、ほとんど勝ち目はない」パイパーが言った。「奥さんの免許証の期限が切れていたからといって、正気なら誰もそういった状況で責任を負ったりはしないでしょう」

「それは――」メルヴィルは頭を横に振った。「妻が言ったのかね？　私がそうしたと？」

「そうです。あなたが車を運転していたと彼女に言わせたと」

「彼女は、誰にそんなことを話したんですか？」

「クインです。彼女が一週間ほど前に電話して、それについてどうしたらよいかと彼に相談したんです」

「でも、なぜ、クインに？　妻は彼のことを知らない」

「あなたが何かの折に話したに違いない。クインは友人だと。そして、事故の夜、彼と飲んでいたと、おそらく彼女に話したのでしょう。彼女なりの理由があって、クインのアドバイスを求めたのだと思います」

「彼は妻にどんなアドバイスを？」

「何も。今となっては遅すぎると……。警察はともかく、彼女の話を信じないだろうと」

メルヴィルは言った。「まったく彼の言うとおりだ。誰もそんなばかげた話を信じないだろう」

「それでは、それは真実ではないと？」

苛立った声でメルヴィルが答えた。「もちろん、真実ではないよ。いったいなぜ妻がその夜、運転する必要があったのかね？」

「なぜなら――これは彼女が電話でクインに言ったことですが――あなたはかなり飲んでいたので運

転させなかったと」

再び、メルヴィルはじっと座ったまま、頭を横に振った。「理解できない。まったく理解できないよ。妻はかなりひどい精神状態だったのだろう……。彼女がここに来るのを拒むべきではなかった。もし、私とちゃんと話し合えたら、そんなひどいことには。でも、私は彼女がここに来るのが嫌だったんだ。君にはわからんだろう、どんなに嫌だったか」

「わかりますよ」パイパーが言った。「彼女が睡眠薬を飲んでいたのを知っていますか?」

「ああ、聞いていたよ」

「以前は、まったく飲んでいませんでしたか?」

メルヴィルは、たいして興味もなさそうにしばらく考えていた。「私の記憶では飲んではいないね。彼女はいつもよく眠っていた」

パイパーは、手がつけられていない二十五錠のカプセルについて話そうとしたがやめておき、代わりに訊いた。「あなたも、あなたの奥さんも、それぞれフラットのドアの鍵を持っていますか?」

「ああ、もちろん」

「あなたのは、どうなったんですか?」

「置いてきたよ、他のものと一緒に、出廷した日に。持っていてもしょうがないからね」

しかめっ面で、彼は続けた。「私の弁護士に、それらがまた必要になるまで、長い時間がかかるだろうと忠告されたんで」

「鍵はどこに置いてきたんですか?」

「さあ、ちょっと思い出せないな」疲れた顔は、興味のなさそうな表情だった。

パイパーは言った。「警察はスペアキーを化粧台の引き出しの中から見つけました。それは、あなたのものですか？」

「おそらく。そうだな、置くとしたら、そういった場所に……。でも、六か月も前の話だ。そういった詳細までは思い出せない」

「もちろんです。……奥さんにそれをどこにしまったか、話した覚えはありますか？」

ヒュー・メルヴィルは、もはや無関心ではなかった。「言ったかもしれない。しかし、どうしてそこまで鍵にこだわるのかね？」

「ただ、未解決になっている問題について、整理しようと思っているんです」パイパーが言った。

「奥さんが、かなり異常な状況で亡くなったとき、クインは厄介な立場に置かれました。人はどんなに急いで判断を下そうとするか、あなたもご存知ですよね？」

それは見当違いの発言で、完全に話題から逸れていたが、メルヴィルは彼の考え方に同意するかのように頷いた。「事実をまったく知らないのに、世間はいかに簡単に人を非難するかを学んだよ」

「我々は、あなたの奥さんについての事実を全て解明できていません」パイパーが言った。

「たぶん、解明などできないだろう。でも、私は彼女を知っていた。今となっては遅過ぎるが。後悔の思いしかないよ……」ほとんど自分に語りかけるように、メルヴィルは続けた。「夫と妻のあいだの愛情がだんだん薄れていくとき、それはどちらに非があるのだろう？　どちらが、その最初の一歩を踏み出してしまったのだろう？」

気が滅入るような沈黙のなか、メルヴィルはテーブルを見下ろしていた。それから、パイパーの方へ顔を向けて言った。「話しをすれば救いが得られると思ったんだが、間違っていたようだ。前よりも余計つらくなっただけだ。もし、かまわなければ……」

肩をすぼめて彼は立ちあがった。再び感情のない声で言った。「結婚して十年近くになるんだ。最後の六、七年は、子供ができないのは妻のせいだと思い込んでいたんだ。笑えるよ。男ってなんて愚かなんだろう……。そう思わないかね?」

パイパーは言った。「それはもう終わったし、済んだことです」

「私にとっては違う。決して忘れることはないだろう。一つ言い訳をするとしたら、自分が妻に何をしているか、気付いていなかったんだ。でも、その誰だかわからない男は、自分の責任からそんな風に逃れることはできない。彼は知っていた——自分が何をしているか、彼女を自殺へと駆り立てたとき」

いつも同じだ。パイパーは心の中で呟いた。死は、悲痛な後悔の念を倍増させるものだ。もしも、エレン・メルヴィルが生きていたら、亭主はそれまで通りの態度をとっていただろう。今、彼女が亡くなり、妻が犯した間違いに寛容を示すことによって、彼は良心の痛みを和らげることができた。メルヴィルは、誰の目にもわかるように、公に自らの過ちを認めることができるタイプの男だ。

『……しかし、彼女の恋人は罰を逃れることができない。メルヴィルは、彼を諸悪の根源と見なすべきだと思っている。メルヴィルは自分自身を正当化しようとしている。もし、あのならず者がやってきて、彼女を誘惑したりしなければ、自分と妻はずっと幸せに暮らせたはずだと……』

パイパーの心に何がよぎったか、まるで見抜いたかのようにヒュー・メルヴィルは言った。「いつか、その男が誰なのか、見つけ出すよ。そして、そのあとは——」

ドアが開き、看守が顔を出した。彼はパイパーを見ながら言った。「すみませんが、時間です」

まるで夢遊病者のように、メルヴィルはテーブルから離れ、二、三歩あるいた。そして、立ち止まり、振り返った。

「……見つけたら……」

看守が言った。「さあ、来るんだ」

まったく生気のない顔で、メルヴィルはドアまで歩き、再び振り返った。

彼は言った。「見つけたとき――彼を殺してやる気力が残っていればいいが」

それは、まったく中身のない脅しだった。パイパーにはわかっていた。そこには何の疑いもなかった。ヒュー・メルヴィルは自分を正当化しなくてはならない。なぜなら、そう期待されていると考えているからだ。

言葉と言うのは安っぽいものだ。あれらの言葉は何も意味していなかった。メルヴィルはそれを深い悲しみをあらわすために使ったのだ。

それらは適した音声で、適した効果をもたらした。それだけだ。パイパーは心の中で呟いた。妻を亡くして悲しみに暮れる男は、世の中に自分がどういうイメージを与えるかなど、滅多に関心をもたないものだ。

ヒュー・メルヴィルと妻のあいだに愛情はなかった。口先だけだ。彼らの結婚は間違いだったのだ。そして、二人ともそれを知っていた。些細なことと断片的な要因が積み重なった結果、そうなったのだ。

『……子供もなく、愛情もなく、未来もなく。そんな中、彼女は一人の男と出会った。彼と一緒にいると、彼女は自分の存在に新たな意義を加えることができた。……もしくは、そう思えたのだ。

全ては、エレン・メルヴィルの人生の最後の日に何が起こったかにかかっている。誰かが知っている。誰かが、話すはずだ……』

パイパーはテーブルの向こうの空の椅子を見つめ、二人の足が階段をのぼり、遠ざかっていくのを聞いていた。ヒュー・メルヴィルは独房に戻った。そこで彼は、判決の残りの日々を過ごすだろう。行いがよければ、五か月後には自由の身になれる。

彼にとって自由とは、単に外の世界に戻ったということ以上を意味するだろう。妻が死んだことによって、服役よりも、もっと締め付けが厳しい束縛から解き放たれることになる。

エレン・メルヴィルは、亡くなったことによって二人の男に自由を与えた――夫と恋人。しかし、一人だけは全てを手に入れ、彼女の死によって失うものは何もなかった。

一人は豊富な機会があったが、充分な動機がなかった。もう一人は動機がそろっていたが、機会がまったくなかった。そして、二人のあいだに、ジーン・ガーランドの姿がぼんやりと浮かんだ。

彼女のやさしい声が聞こえるような気がした。『……もちろん、あなたは彼女に会ったことがないでしょう……』

まるで自分自身の声がこだましているようだった。彼はそれとほとんど同じ言葉を口にしたことがあった――しかし、その言葉の裏を返せば。

パイパーの心は不意に、果てしなく伸びる長く暗いトンネルへと入っていった。小さな光の点だけが遥か遠くで星のようにきらめいている。その光は次第に強くなり、トンネルの向こうに何があるか、彼には、はっきりと見えた。

今や、他の声が一斉にどよめいているのが聞こえる。たくさんの嘘の中から真実を拾い出すことができた。今、パイパーにはようやくわかった。あの夜、エレン・メルヴィルがガスの充満する部屋で息絶えたとき、何が起こったか。

たった一つの答えが、全ての状況に合致する。そしてクインは、その答えを用意することができる。彼はただ単純な質問に答えればよいのだ、とても単純な質問に……。

第十四章

クインは出廷中だと、報道編集者が言った。「……おそらく、ランチへ出かける前に連絡してくるはずです。電話をするよう伝えますか?」

パイパーは言った。「これから数時間、居場所がはっきり決まってないのです……。でも、ランチタイムの前に、あなたにお知らせするようにします」

それから、彼はイーリングの〈モンゴメリーズ〉に電話した。ミス・ガーランドは、代表取締役のオフィスで会議中なので、あと一時間はかかるだろうという話だった。

「……おそれいりますが、電話は一切おつなぎできないんです。でも、もし番号を残していただけましたら……」

「いえ、いいんです」パイパーが言った。「今日、のちほど直接彼女と話します」

サットンデイルに電話すると、誰も出なかった。十分後、話し中だった。三回目にミセス・キングが出た。

彼女は言った。「ええと、今日の午後はどうしても町まで行きたいと思っていまして。ちょっと買い物があるんです。もちろん、何か重要なことでしたら……」

「あなたにとっては、午後の買い物よりもずっと重要なことだと思います。覚えてますか? 我々がヒュー・メルヴィルについて先日話しをしていたとき、あなたが言った言葉を。『彼は酔っぱらって運転をして、私の主人を殺した』と？」

「ええ……。でも、今はもう過去のことですわ。私には、わかりません――」

「そういうことをした人間は十八か月ではなく、一生刑務所で過ごすべきだと、今でもお考えですか？」

一瞬ためらったあと、彼女は言った。「私がどう思おうと何も状況は変わりません。でも私の見解は変わりません。メルヴィルは刑務所に入っているべきですわ、ずっと、ずっと」

「もしかすると、そうなるかもしれません」パイパーが言った。「あなたの助けで、もしかすると……」

今や、電話をかけるのはあと一か所だ。パイパーが『モーニング・ポスト』に再び電話をしたとき、朝からずっと降り出しそうだった雨が屋根を激しく打ちはじめた。

編集長の電話はふさがっていた。パイパーは待てるだけ待って、それから、交換台を通してクインにメッセージを伝えてくれる人につないでもらった。

「……必ず二時に電話するよう、彼に伝えて下さい。番号はサットンデイルの三十六番。いいですか？」

「はい……。でも、彼はその時間にまた法廷に戻っていると思いますが。彼はかなり大きな事件を担当していまして、今日がその最終日で――」

「最後の審判の日だろうがなんだろうが、かまわないよ」パイパーは言った。「編集長に頼んでくれ、その仕事を引き継ぐ誰か代わりの人間を手配するように。同時に、クインには車を用意するように。

もし、ちょっとでも手違いがあったら、ただでは済まないと覚えておいてくれ」

「それでいいだろう」パイパーが言った。「ただ、私が言ったことをそのまま繰り返してくれないか。ちょうど今、人手が不足しておりまして、手が空いている人がいないもので」

「わかりました。おっしゃったことをお伝えします。しかし、どれもはっきりお約束はできません。今日の午後遅く、彼に会う必要があるんだ」


激しい雨の中、チャルフォント・セント・ピーターまで車を走らせた。T字路まで来ると、〈サットンデイル――二マイル〉と書かれた標識が見えた。そこから村に辿り着くまで、道路には部分的に水があふれ出していた。かやぶき屋根から雨が滴り……、雨どいから水があふれ出し……、一群の人々が、バス停の向かいにある宿屋の戸口に避難していた。最後に彼がそこを訪れてから、村の外側の川は小規模の激流ほどに増水していた。今や水位は、小さなそり橋のアーチ部分まできていた。

彼は、ローズバンクと呼ばれる平屋建ての家を通り越した。緑色の傾斜した屋根が濡れて輝いていた。斜面になっている芝生も雨ですっかり濡れている。たくさんの枯れ葉が道路から家に続く私道にはり付き、錬鉄の門扉にも積み重なっていた。

そこを通り過ぎたとき、誰の姿も見えなかった。一定の速さで車を進めた。アーサー・キングが、過ぎ去ったあの夜に散歩に出て、死に見舞われたその道を。

すぐに彼は、キングの体が横たわっていた道路わきへと辿り着いた。そこから、バックス・コートへは遠くない。

パイパーは交差点の百ヤードほど手前で車を停め、座ったまま、また別の夜について考えてみた。

そのときも、雨が降っていた……。しかし、次の朝、警察が捜査した際、ミセス・メルヴィルの部屋に濡れた衣類はなかった。

今だからわかる。彼らは間違った場所をさがしていたのだ。エレン・メルヴィルにとっては、なんの違いもないことだが。そのときには、彼女は死んでいた。アーサー・キングが死んだ時点で、彼女の人生も奪われたのだ。

全ては、はっきりした……。今や遅すぎるが。クインに非はない。彼は知るはずもなかった。ヒュー・メルヴィルが、あの夜、二人で穏やかに飲んでいたとき、何を考えていたのか。

誰一人、真実を思い描くことはなかっただろう……。もし、ミセス・メルヴィルが恋に落ちなかったら……。もし、ミス・ガーランドがいつもは眠っているあの時間、起きていなかったら……。もし、警察がクインを疑わなかったら……。

今や、裁きが下されるだろう。しかしこの場合、他の多くがそうであるよう、その正義がもたらすものは何もない。それは何より明白だ。死者は復讐心をはらすことすらできないのだ。

しかし。パイパーの任務は、この上なくはっきりしたものだった。殺人は、決して罪を逃れるものではない。ミセス・キングの助けによって、彼は自分ではじめたことを終わらせるだろう。

腕時計は二時十五分前を示していた。車は三回方向転換し、サットンデイルの方へと戻っていった。

彼女は、パイパーの車が門扉の外に停まるのを見ていたに違いない。彼が素早くポーチに入り、帽子についた雨をはらっていると、ドアが開いた。

彼女が言った。「ひどい日じゃありませんこと？　結局、町に行かなくてよかったですわ。コートをお預かりしましょう」

「どうぞ、おかまいなく」パイパーが言った。「全然、濡れていませんから」

「濡れていますわ。湿った服で座ったりしたら、体によくありません」

ミセス・キングにコートと帽子を預け、彼女がそれを廊下の洋服ダンスにかけるのを見つめていた。それから、パイパーを本が並ぶ部屋へと案内した。前に来た夜、ラジオがかかっていた部屋だ。今、厚地のカーテンは開いていて、空からどんよりした灰色の日差しが入り込んでいた。ラジオはつけていない。

ミセス・キングは椅子をすすめた。それから、机の上の笠のあるランプのスイッチを入れて言った。

「これで少しは気持ちが明るくなります。あなたの様子からして、あまり好ましくないことをお話ししようとなさっているのでしょう」

パイパーは束の間、この魅力的な家から出て、二度と戻ってきたくないような衝動を感じた。引き受けた仕事は終わったのだ。彼なしでも、クインの問題はロバート・ヘーグが名乗り出た時点で片付いただろう。

パイパーが関心を抱いていたのは、クインのことだけだった。ヒュー・メルヴィルが何をしたかは、警察が調べるべき問題だ。彼らは、ジュディス・キングに、なぜ彼女の夫が死んだのか、説明することができる……。もし、彼らが偶然真実を見つけることになったら。

彼女はとても美しかった、その秘められた魅力は、炎のように彼女の中で燃えていた。死がこの家を汚したなど、全て間違いだったのではなかろうか。この家には、生き生きとした生活が根付いていた。

アーサー・キングは愚かだった――見る目のない愚か者、自分の愚かさの報いを受けたのだ。悲劇なのは、彼がもう少し見境のある人間であれば、エレン・メルヴィルが死ぬ必要はなかったということだ。彼女は生きようとしていたのだ。

パイパーは、ミセス・キングが前回、この落ち着いた部屋に座り、話したことを思い出した。

『……彼女の夫は善良な方ではなかった。……おそらく、ずっとそうだった。私は彼を憎んでいます、あのような男性を全て……』

パイパーは考えた。ミセス・キングに話したら、どんな風に感じるのだろう。自分は彼女に話さなくてはならない。彼女とクインが最終的な答えを用意できるはずだ。それがなくては、なんの証明もなされない。それがなくては、人生において邪悪なものが勝利をおさめることになる。

パイパーは言った。「これは今まで経験した中でも、もっとも気の進まない仕事ですね。もし他の方法があったなら、私はここへは来なかったでしょう。信じていただきたいのですが」

「私が信じるか、信じないか、重要ですの？」

ミセス・キングの声、黒い眼差し、それらの何かが、ジェーンに不実を働いているような、そんな感覚を抱かせた。ジェーンなら自分を理解してくれるはずだ。

パイパーは切りだした。「人を傷つけたくはない……。しかし、前回ここに来て以来、確かなことがわかったんです」

「ヒュー・メルヴィルについて？」

「はい。あの夜、あなたのご主人が殺された夜、実際に何が起こったのか」

ミセス・キングは机に寄りかかり、パイパーの瞳をじっと見つめながら言った。「では、ためらわずに話してください。私はこれ以上傷つくことはありません。あの夜以上には。主人の死について、わかったことというのは、なんですの?」

「あれは、事故ではなかった」パイパーが言った。

彼女の口が開き、息をひそめるようにじっと立っていた。それから、か細い声で訊いた。「あなたは何を言おうとなさっているの――メルヴィルは酔っていなかったとでも?」

「いいえ、法的には彼は酔っていたことになります。しかし、だからと言って、彼の持っている技量が全て損なわれていたわけではありません。彼は知っていました。あなたのご主人が、毎夜同じ時間に犬を散歩に連れて行くのを……。だから彼は、ここからバックス・コートまでの距離を帰るとき、十一時半過ぎに通るよう段取りを組んだのです」

「つまり――」彼女は一方の手をもう一方の手の上に重ね、きつく握りしめた――「彼は故意に主人を殺したと?」

パイパーが言った。「はい。あなたは私に頼みましたね。わかったことを教えるようにと。そして今、あなたは知った。他の飲酒運転と同じように、ただの事故に見えたかもしれない。しかし、あれは明らかに冷酷な殺人だ」

彼から目を離さず、手探りで横に置いてある椅子を探して腰を下ろした。ミセス・キングは、パイパーの顔を見て、催眠術にかかったかのようだった。

ようやく聞き取れるくらいの声で、彼女は尋ねた。「なぜ、彼が私の夫を殺さなくてはならないの? 夫にどんな恨みをもっていたと言うの?」

パイパーは言った。「もし、私の推理を聞かれたら、こう言うかもしれない。あなたの夫とエレン・メルヴィルは不倫関係にあった。……そして、メルヴィルが、それに気付いた」

表情が変わり、ミセス・キングは言った。「いいえ……そんなこと、信じません。そんなこと、証明もできないはずですわ」

「おそらく、今はまだ。でも、ヒュー・メルヴィルがいずれ話すでしょう。話の半分は解明されつつあるとわかったら。あなたの奥ゆかしい助けがちょっとあれば、残りの半分を彼に白状させることができるかもしれません」

ミセス・キングは握りしめた手を口にあてながら親指の関節を噛み、やがて言った。「つまり、私に嘘をつけと、私が夫とエレン・メルヴィルのあいだに何かあったのを知っていると思わせるように。そういうこと？」

「そうですね、嘘も方便という言葉もあります」パイパーが言った。

「必ずしもそうとは限りません。私がどんなにメルヴィルを憎んでいるとしても、夫との思い出を傷つけるつもりはありません。とても、そんなこと信じられませんし――」

廊下の電話のベルが、ミセス・キングの言葉を途中でさえぎった。彼女はハッと息を呑み、そのまま、ブーブー……ブーブー……ブーブー……という音に耳を傾けた。その執拗な音は家じゅうを満たしているようだった。

ようやく彼女は言った。「電話に出なくては。失礼します……」

ミセス・キングは急いで、ドアを半分開けたままにしていった。受話器をあげ「もしもし」というのが聞こえた。

パイパーは立ち上がり、ドアのところへ行き、その様子を見つめた。彼女に見つかっても違いは何もない。その反応が自分の望み通りのものか、計画が失敗に終わるかのどちらかだ。今からこの事件は、自分の手の及ばない方向へと走り出す。

「もしもし……」鋭い声で彼女は繰り返した。

「はい、こちらサットンデイル三十六番地ですけれど……。あまりよく聞こえないのですが。回線がよくないようで……。はい、サットンデイル三十六番地です……。誰と話しを？　……ええ、わかりました。少々お待ちください」

彼女は、パイパーの方へ目を向けて言った。「あなたにです。二時にここへ電話するよう伝言を残されたと」

パイパーは数歩、電話の方へ近付いていった。「何かの間違いだと思います。ここに電話するよう誰にも言ったりしていませんから。どなたですか？」

パイパーは、ミセス・キングのすぐそばへ寄り、彼女は質問を繰り返した。そして、質問の答えを聞いたときの彼女の顔に浮かんだ表情を見た。今、彼は確信した。疑いの余地はまったくないと。

ミセス・キングは受話器をパイパーに渡した。両手を口にあて、青ざめた顔をして、じっと立っていた。恐怖に打ちひしがれた目をして。

受話器から声が聞こえた。「……ハロー。……もしもし？　これが誰かの考えた冗談だったら――」

「そうじゃないんだ」パイパーが言った。「今や君は僕の居所を突き止めた。用件は？」

「何も。君が伝言を残した――」クインは咳き込み、また続けた。「君が伝言を残したんだ。このサットンデイルの番号に電話するように。なんか、とんでもなくおかしなことが起こっているんだ。電話に出たのは誰だったんだい？」

ジュディス・キングは硬直したまま、まったく動かなかった。彼女の鮮明な炎のような美しさは、いつのまにか消えていた。今や彼女は、美しい石の彫刻に過ぎなかった。

電話の声が言った。「聞こえなかったのか？　電話に出たのは誰だったんだ？」

パイパーは言った。「君が会ったこともない誰かだよ」

「でも、おかしいな。彼女の声は聞いたことがある……。それとも、そんな気がしただけか。もし、君が何かのゲームをしているのだったら、俺も仲間に加えてほしいものだ」

「君は、最初から仲間に入っているよ」パイパーが言った。「でも、もうゲームは終わりだ。聞き覚えのある声だが、誰の声だと思った？」

「もし、彼女が死んだと知らなければ――」事態を悟ったショックで、クインは息を呑んだようだった。

「続けてくれ」

「ミセス・メルヴィルの声だと断言したと思う」クインは言った。

「それは、彼女がオフィスに電話してきたとき、みずから名乗った名前だ」パイパーが言った。「君は証拠を提供する役目を負わされたんだ。エレン・メルヴィルが自殺を図りそうな様子だったと……。できるだけ早くこっちに来てくれないか」

「どこに？　住所を教えてもらっていないよ」

「ローズバンクだよ――サットンデイルのはずれの一番端の家だ」

彼はジュディス・キングを見つめていた。彼女の美しい顔は、パイパーの次の言葉ですっかり崩れたようだった。「君が到着する前にバイラム警部がここに来るだろう。この電話を切ったら、彼にすぐ電話するつもりだ」

第十五章

時刻は一時。〈スリー・フェザーズ〉のバーは混み合って騒がしかった。パイパーが人混みを押し分けて進むと、クインが手を振っているのが見えた。

狭い奥まったところに、ちょうど二人が入れるくらいのスペースがあった。クインが言った。「遅かったな。来ないんじゃないかと思ってたところさ」

「最後になって、ちょっとつかまってしまってね。何を飲むんだい？」

クインはグラスを空にして言った。「同じのをもう一杯。それくらいなら、なんの害にもならないだろう……」

ぽっちゃりとした女性バーテンダーがビールを運んでくると、パイパーが言った。「ここだろ？去年の一月の夜、ヒュー・メルヴィルと会ったのは？」

「まさにこの場所だ。思い返してみると、あのとき見えなかったたくさんのことが見えてくるよ。俺は彼を説得しようとさえしたんだ。車で帰るなら、それ以上飲まないようにって」

パイパーが言った。「君にしちゃ珍しい役割じゃないか？　たぶん何か虫の知らせのようなものがあったんだろう」

「もし、わかっていたなら、事件を追及したりしなかったさ。どちらにしても、君は正しかったと思う。とにかく異例の事件だった」

　クインはゆっくりと一口飲み、満足そうに舌鼓を打って言った。「ミセス・メルヴィルは、夫が他の女性と関係を持っていたことを疑ったことはなかったんだろうか？」

「疑うことはあったと思う。でも、相手がジュディス・キングだと推測するのは不可能だったんじゃないかね」

「そうだね。おそらく。もし、気付いていたなら、あれこれ考え合わせて推測し、とても恐ろしい答えを導き出していたかもしれない」

「そうなっていても、彼女の命は救われなかっただろう」パイパーは言った。「夫が自分を始末する計画を立てているなんて信じる女性はいないよ――たとえ生きているよりも死んだ方が価値のある女性でも」

　クインは言った。「後味の悪い思いをしたな」

　彼はグラスを半分からにし、カウンターに置いた。レインコートのポケットの中を探りながら、話しを続けた。「巧妙な組み合わせだったな、あの二つの事件は。危険運転による死亡と計画的な殺人は、まったく別物だ。殺人罪だと……平均七年の刑は避けられない」

「おまけに、現金払いの賞与までついてくる」パイパーが言った。「メルヴィルの保険会社は、夫を亡くしたミセス・キングに八千ポンドの補償金を支払った」

「打ちのめされたよ。どんな女性でも女性と呼べる限り、そんなにも冷酷になれるのかと」クインは言った。「それに、彼女の亭主が犬を散歩に連れて行ったあの夜のことだけを言ってるんじゃないんだ」

パイパーは言った。「そうだな、そんなのはたいしたことじゃない。メルヴィルが刑務所に入る前にフラットの鍵を彼女に渡したことと比べれば。そして、彼女はそれを約六か月間持っていたんだ。エレン・メルヴィルを始末する適切な時期が来るまで」

「恐ろしいことは、彼らはそのまま罪を逃れたかもしれないということだ」クインが言った。

「予測できない要素――ミセス・メルヴィルが恋に落ちて、妊娠したという――がなかったら、きっとそうなっていただろう」

「それから、彼女が睡眠薬を飲んでいたこと。以前は決して使っていなかったはずなのに。もし彼女がカプセルを一、二錠飲まずに、あの夜、一箱手つかずのまま残していなかったら、彼女自身がガス栓を開いたと予想され、誰も彼女の死が自殺ではないと疑わなかったはずだ」

「ミス・ガーランドの存在もあった」パイパーが言った。「あの夜だけ、なぜか彼女がなかなか眠りにつけなかったのは、奇妙だと思わないかね？」

「正義というのは、結局、存在するのかもしれないと気付かされたよ」クインが言った。

彼はもう一杯ビターを口に含み、それを味わいながら、グラスが光に反射するのをじっと見つめた。そして続けた。「カレンダーの日付に、俺のイニシャルと電話番号を走り書きしたのは、なかなかのアイディアだったな。警察に追及されたとき、俺は言ったよ。ミセス・メルヴィルは少しおかしくなっていた。悲惨な運命を辿り、六か月間ふさぎ込み、自ら命をたってもおかしくはないと」

パイパーは言った。「一番単純な考えが、いつも一番功を奏するのさ。君は、電話してきたのがミセス・メルヴィルだと一瞬たりとも疑わなかった」

クインはビールを飲み終え、グラスをカウンターの上にドシンと置いた。「君も疑わなかっただろう。電話では誰でも自由に名乗ることができる。お嬢さん！」

ぽっちゃりした女性バーテンダーが振り返り、尋ねた。「何か私にご用かしら？」

クインは歯を見せてニッコリ笑った。「いや、真昼間からはけっこうだ……。でも、ありがとう。俺たちにおかわりを頼むよ……。君はいい子だ」

「私はやめとくよ。すぐに行かなきゃならない」

女性バーテンダーが言った。「こっちの彼は行ってもすぐにまた戻ってくるのよ、もう何年も」

彼女が離れると、クインは両方のポケットをまた探りはじめた。二回ひっかきまわして探したあと、パイパーが煙草を一本くれた。

クインが礼を言った。「ああ、ありがとう。実際はマッチを探していたんだが。煙草は火がなくちゃ役にたたんからな……。恩にきるよ」

最初のひと吸いで肺に入れ、咳き込むと、息ができるようになるまで立ってぜいぜいと喘いだ。それから、言った。「いつも、生きてるような心地がしないよ。俺がいなくなったら、思い出してくれるか？」

パイパーが言った。「君がいなくなる前にジェーンに会ってもらいたいんだ。週末には帰ってくる」

クインの心の中で、またのいつもの泣き言がはじまった。『……ほら、きた。彼女に会えば、人生最大の過ちを犯すことになる。彼女は、そのためにちょっとした時間をつくってはくれるだろうが、やがて彼に尋ねるだろう――この上なく優しく――夫はこの人のどこを見ているのだろうと。そして、それがきっかけで彼は考え始める……』

パイパーが質問しても、クインはほとんど聞いていなかった。彼は無意識のまま答え、それはなんの意味もなさなかった。

『……おまえの古くからの友人が見解を変えるのに――彼女と同じ見解に――そう長くはかからないだろう。二人の関係には特別な性質など何もないのだと。それどころか、二人はまったく正反対のタイプではないかと』

クインは、彼女が現れるまでの過ぎし日を思い返していた。彼とパイパーのあいだには絆があった。例え二人がまったく異なるタイプだとしても。

『……俺の身なりのどこが悪い？　昔の人間なら、ちょっとだらしないと言うかもしれない。でも今なら、うっすら顎鬚をはやし、喧嘩っ早い学生みたいに見えるくらいだろう。ちょっと歳はとっているが、たぶん、大器晩成型で通るかもしれない。彼らの大部分はそんな感じだ。叫んだり、罵倒したり、甘やかされた悪ガキのように自分の思い通りにならないと声を張り上げたり。甘やかされた悪ガキなら成長し、ちゃんと良識を得るチャンスがあるだろうが……』

彼は自分自身に言いきかせた。そろそろ良識をもっと身につけるべき時期だろう。男にとって、妻が最初にくるのは当然だ。独身男の友人なんか、結婚生活という過程の中で見捨てられる運命にあるんだ。

パイパーが言った。「私の言ってること、どうやら聞いてないようだな。ジェーンに手紙を書いて、メルヴィル事件について全て教えたんだ」

「ほう？　それで、彼女はなんて？」

「来週の月曜日の夜、夕食に来てほしいそうだ」

「それは、なんとも親切な。お礼を言っておいてくれ」

「それだけじゃないんだ。彼女は君にジーン・ガーランドを連れてきてほしいそうだ。いい娘《こ》のようだからって。それに四人だったら偶数だろう……。ともかく、それが何を意味するにせよ」

「何を意味するか、わかってるよ」クインが言った。「君の大切な細君に感謝するよ。招待されたこと、ちゃんと伝えると言っておいてくれ。……あまりいい考えとは思えないが」

「どうしてだ？」

「なぜなら、ミス・ガーランドは食事をしないだろう——少なくとも、俺とは」

「どうしてわかるんだ？　まだ訊いてもいないのに」

「訊く必要もないだろう。ある人が教えてくれたんだ。ジーンは、心の痛みを癒しているところだと。ロバート・ヘーグを不運にも失った」

パイパーが言った。「それは残念だな。でもきっと、誰か連れてくる人を見つけるだろう」

「いいや。本当のことを言うと。サットンデイルの一件があってから、女性に興味を失ったのさ」

「よしてくれよ、ばかなことを言うのは。みんながみんな、あんなんじゃないさ」

「おそらく、君が考えるよりもそういう女性は多いよ。今回の場合は、一連の偶発的な出来事によって発覚しただけだったが。同じような巧妙な手口が、前にも使われたことがなかったか、どうしてわかる？」

「とてもありそうもないね」

「そうかい？　君が一晩考えるのにちょうどいいことを教えてやるよ……。女優が司祭に言った言葉だ」

「どんな？」

クインはビールの泡を吸ってから、一気にグイッと喉の奥に流し込んだ。それから、パイパーに歯を見せてにやりと笑った。

「その言葉は、また使われるかもしれないな」クインは言った。「いつだって、男は殴られたり、殺されたり、そんな話ばかり。あなただって、わからないわよ、そうでしょう？」

訳者あとがき

本書は、一九七〇年に刊行された *Remote Control* の全訳です。クインとパイパーが登場するミステリは、四十一冊ほど発表されており、本作が三十二冊目にあたります。

底本には、一九七〇年に〈CRIME CLUB〉の一冊として発行された英版の原書を使用いたしました。

ハリー・カーマイケルという作家の作品に出会ったのは、今回がはじめてです。原書を読む際には、いつもかなり時間をかける方ですが、今回の作品は、気が付いたら一気に最後まで読み終えていました。理由はいくつかあげられますが、まず、主人公のクインという中年男性にとても興味をそそられたからです。

正確な年齢は不明、独身、新聞社勤務、アルコール・煙草依存症、と聞けば、あまり好ましくない、くたびれた中年男性を想像すると思われますが、彼の場合は、どこか少年の面影を残し、どこまでが本当かわからないような冗談を言い、

英版 *"CRIME CLUB" Remote Control* (*1970,Collins*)

米版 *Remote Control* (*1971,McCall*)

孤独な生活を続けながら寂しがり屋で、新聞社の編集員ということもあって、そこはかとない知性と博学な面が垣間見られます。一体どんな男性なのか、つかみどころがない。なんとも魅力的。

そこで、どんどん読み進んでいくうちに、親友パイパーの登場。パイパーの方は、地位もあるダンディーな好中年とでも言いましょうか。よくいるタイプでイメージが描きやすい。

作者のカーマイケルは、これまでの作品の中で、パイパーとクインを頻繁に登場させているようですが、訳者は恥ずかしながら、これまでの作品を読んだことがなく、クインとパイパーの出会いがどんなものであったか、残念ながら知りません……。

それでも、この二人の友情については、絶対不可侵なところが感じられ、これまでの関係を築き上げるのに、過去に一体何があったのか、ぜひとも知りたい衝動に駆られました。

読者の皆さんも、過去の出来事、いきさつなど何も知らなくても、この一冊だけで充分様々な背景が浮かび上がり、想像力をかきたてられ、クインの魅力と物語の巧みさに引き込まれていくこと間違いないとお約束します！

物語のテーマとも言える結婚生活とは何か――。一度添い遂げることを約束した二人の心がどうして離れてしまうのか。相手を思いやる心を失い、結婚生活に激しい失望を抱くまでには、何があったのか。それは本人にしかわかりません。誰も他人の心のうちはわからない。例え夫婦でも、特に、男性と女性は根本的にわかりあうのは難しいのかもしれない。

「幸せには二種類ある」と、クインは言います。結婚する幸せ、しない幸せ。どちらも良い面、悪い面がある。自由と孤独、束縛と安定、どちらを取るか。人それぞれなのでしょう。誰が悪いわけでもなく、何かが起きたわけでもなく、次第に壊れて行く夫婦関係。それをもう終わりにしたい、その強い葛藤が、やがて思いがけない方向へと突き進んでいくのは、古今東西、特別稀有なことではありません。悲しいながら、それが現実のようです。

さて、物語に戻りますが、キング夫妻、メルヴィル夫妻、どちらも幸せな結婚生活を送ってはいなかった。四人のうち、二人の人間の死が複雑に絡み合い、謎が謎を呼び、クインとパイパーが事件を追ってゆく。結末は、まさか、ということになりますが、読み返してみると、確かに様々な人物の言葉の端々に、謎を解くカギが含まれているような気がします。情景描写ではなく、たくさんの会話の中に、ヒントを散りばめるカーマイケルの手法は、見事だと感じました。

カーマイケルの他の作品にまた出会えることを、訳者として心から願っております。そして、クインとパイパーの友情がこれからもずっと続きますように——。

最後になりますが、本書を紹介してくださり、解説を担当された絵夢恵氏に心からお礼を申し上げます。また、適切なアドバイスとともに、丁寧に原稿を見てくださった論創社の黒田明氏にも、この場をお借りして、感謝の気持ちをお伝えしたいと思います。ありがとうございました。

参考資料

・『ある中毒患者の告白　ミステリ中毒編』（私家版、二〇〇三年）

深層心理の襞をくすぐる二つの顔を持つ男

絵夢　恵（幻ミステリ研究家）

1．はじめに

この度、遂に本格ミステリの空白期間を埋める英国本格派の最後の砦、ハリー・カーマイケルがその姿を我が国に現すことになった。我が国唯一のカーマイケル・ファンを自称する筆者にとっては何よりの喜びである。八十五冊もの長編を残した多作家ゆえに、今後もその作品が続刊されることを祈りつつ、ここにその軌跡を簡単にまとめてみることとしたい。

2．作家としての略歴

ハリー・カーマイケル（本名レオポルド・ホーレス・オグノール）は、一九〇八年にカナダで生まれ、一九七九年に亡くなるまで、イギリスで過ごした。商業作家になる前は、新聞記者を務めたこともあり、本作にも登場するシリーズ・キャラクターの新聞記者クインには、そのときの経験も活かされているのであろう。

作家活動は一九五〇年代初頭から始まり、ハリー・カーマイケルとハートリー・ハワードの二つのペンネームを自在に使い分け、亡くなるまでの二十八年間に合計八十五冊ものミステリ長編を生み出した。これは年間三冊のペースであり、いかにこの作家が筆達者で、かつ長期間にわたりファンに愛され続けたかがよく分かる。英米における本格ミステリ黄金期は一九三〇年代であり、四〇年代にもその残り香は色濃く漂ったものの、五〇年代以降になると、ハードボイルドやスリラー、社会派ミステリ等が台頭し、トリックやサプライズ・エンディングを重視する作家、作品は激減する。我が国でも人気が爆発したD・M・ディヴァイン（ドミニック・ディヴァイン）は、一九六一年に処女作「兄の殺人者」を刊行し、この空白期間を埋める貴重な作家として取りざたされたわけであるが、カーマイケルは、ディヴァインとよく似た資質を持つ作家であり、かつディヴァインより長期間にわたり大量の良作を生み出したのであるから、もっと早く紹介されるのに値する作家であったといえる。

まず、作家としての評価が高いハリー・カーマイケル名義の作品について取り上げるが、一九五二年の"Death Leaves a Diary"を英コリンズ社「クライム・クラブ叢書」から刊行して以降一九七八年の"Life Cycle"に至るまで、四十一作を同じ「クライム・クラブ叢書」から出し続けている。シリーズ・キャラクターは、本作にも登場する保険調査員のジョン・パイパーと新聞記者のクイン（なぜかファーストネームが不明なのもこだわりがあるのでしょうね）のコンビで、ほとんどの作品で、この二人の活躍に触れることができる。

これに対し、ハートリー・ハワード名義の作品は、カーマイケル名義の作品に先駆けて一九五一年にやはり英コリンズ社「クライム・クラブ叢書」から出た"The Last Appointment"が第一作であり（この作品がこの作家の処女作に当たります）、没後出版となった一九七九年の"The Sealed Envelope"まで四十四作が同じ英コリンズ社から刊行されている。ニューヨークを舞台にした、ほぼ全作品を彩るシリーズ・キャラクターとして、私立探偵グレン・ボーマンが登場する。

英コリンズ社は、一九二〇年代から一九八〇年代までの長きにわたり英国ミステリ界を牽引し続けた最大手出版社であり、同社からこれほど多くの作品を出版し続けた作家はあまり例がない。同社では、ミステリの中でもいわゆる推理小説や犯罪小説を「クライム・クラブ叢書」として出版し、スリラーやハードボイルドはこの叢書の中に含めない方針を採っていたが、カーマイケル名義の作品が全てこの叢書に収められたのに対して、ハワード名義の作品で、この叢書に収められたのは、最初の"The Last Appointment"と最後期の七〇年代の作品のみ。ハワード名義の作品は、"The Last Appointment"、"The Last Deception"、"The Last Vanity"の初期三部作以降、徐々にハードボイルド色を強めており、やがて、カーマイケル名義＝イギリスを舞台にしたウェットな心理的本格ミステリ、ハワード名義＝アメリカを舞台にしたドライなハードボイルド風軽本格ミステリという棲み分けが完成することになる。この作家が、三十年近くにわたり多作を続けながらも安定した人気を保つことができたのは、まさにこの二つの顔を巧みに使い分けることに成功したからといえよう。

また、カーマイケル名義の作品は、四十一作中十九作がアメリカでもハードカバーで出版されている。うち数作は、米国ミステリ界の名門、ダブルデイ社の「クライム・クラブ叢書」（たまたま英コリンズ社と叢書名が同じなのです）から出ており、カーマイケルは、英米両国において「クライム・クラブ叢書」からの出版を実現した稀有な作家ということにもなる（このような英作家としては、他には、マイルズ・バートン、E．C．R．ロラックが思い浮かぶくらいです）。アメリカ人にとっては地味で暗い作風に写りがちなカーマイケル名義の作品がこれほど多数アメリカに輸入されたということは、それ自体驚きに値する。これに対し、ハワード名義の作品は、映画化とタイアップした作品が一冊ペーパーバックで刊行された以外、アメリカでは一冊も出ていない。アメリカを舞台にしたアメリカ風の作品であるだけに、本家本元のアメリカ人から見ると、逆にイギリス臭さが鼻につき、物足りないということになるのかもしれない。

3．カーマイケルの魅力

私が初めてこの作家のことを意識したのは、森英俊氏が一九九三年に限定二百部で自費出版した『ミステリ作家名鑑　本格派編　1920−70』（一九九八年に出版されて、その後、日本推理作家協会賞を受賞した『世界ミステリ作家事典〔本格派篇〕』の前身に当たる希少書）中のカーマイケルの項目であろう。主要長編としてわずか六作の名前を挙げ、紹介全体の分量も他の作家に比べて少なかったことから、その時はあまり印象に残らなかった。その後、自分で英米の古書店から原書を直接購入するようになったところ、ある時、アメリカのディーラーから、ジャケット付のカーマイケル本を大幅割引するからまとめて買わないかとの連絡があり、安さにひかれて大人買いした頃から、徐々に深みにはまっていくことになる。今から二十年程前のことであるが、その当時は、原書購読熱が最も高まっていたこともあり、この世界の代表的なレファレンス本もほぼ読破し、英米で刊行された未訳のレファレンス本に手を伸ばしていた。当時もっとも信頼がおけると考えられていたのは（実はそうでもないが……）、一九八九年に増補改訂版が刊行された Barzun & Taylor 編の *A Catalogue of Crime* であり、長編だけでも三五四九作ものレヴューを掲載していたのであるが、その中で、アメリカ人の編者らにとっては、マイナーな英作家にすぎなかったであろうカーマイケルの作品が十七作も取り上げられ、しかもその大部分について好意的な評価がされていたのを目にしていた。辛口で有名な Barzun & Taylor が褒めているのであれば読んでみるかと思って手に取ったのが、カーマイケル名義の第三十八作に当たる"The Motive"。これが大当たりで、この作家の独特の魅力にノックアウトされ、それ以降、定期的に読み続けること二十五作。そのほかに、ハワード名義の作品も四作読んでいるから、合計二十九作。同一作家の原書をこんなに読んだのは例に乏しく（あとは、これまた複数名義で大量の作品を残したジョン・ロード＝マイルズ・バートンくらいでしょうか。と思ったら、未紹介の大物怪奇ミステリ専門家アメリア・レイノルズ・ロングがいました。この際、ロングも出してください、論創社さん！）、わが最愛の作家になってしまった。

私が読んだ二十九作のうち、これは出来が良いと思ったものが十二作、それなりに面白いと思ったものが十五作、二作はあまり見どころなしとなるわけで、このような良作の割合は、私の読書歴の中でも稀にみるハイ・アベレージである。本作と並ぶ秀作と思うのは、第三作の"Deadly Nightcap"、第六作の"Death Counts Three"、第九作の"The Dead of the Night"、第十作の"Justice Enough"、第十七作の"The Seeds of Hate"、第十九作の"Alibi"、第二十五作の"Flashback"、第三十七作の"Candles for the Dead"、前述の"The Motive"、最終作の"Life Cycle"といった作品群＋ハワード名義の処女作"The Last Appointment"である。世評では、後期に至るほど作品に深みが増し、その作風が花開いたと言われているが、こうしてみると、中期作に個性が乏しい水準作が多く並ぶのは事実であるものの、初期作にもマスターピースが多いことに気付く。後期作が人物造形の深みを売りにするのなら、初期作には、この作家のプロット作りのうまさやサプライズ・エンディングの妙が際立つ作品が多い。特に、ハワード名義の処女作"The Last Appointment"は、最後期作を除けば、ハワード名義で唯一「クライム・クラブ叢書」から出された大傑作であるが、既に私立探偵ボーマンが登場するとはいえ、カーマイケル名義の作品と似た印象を残すのは特筆すべきである。この作家の本来の持ち味は、当初から、トリックの利いた人情話の展開にあり、その後のハワード名義の作風は、出版社が作品にヴァリエーションを持たせ、人気を長く継続させるために後付けで考え出したものであろう。

さて、カーマイケル名義の作の特徴であるが、以下の五点が挙げられる。

①トリッキーなサプライズ・エンディングが待ち受けており、フェアな手掛かりに支えられた健全なフーダニットになっていること（ディヴァインやジル・マゴーンと同タイプ）

②基本プロットは、家族間のしがらみや不倫、愛憎劇、職業倫理等を題材にすることが多く、古くは、J・J・コニントン（最近、論創社から秀作『レイナムパーヴァの厄災』が刊行されました）、その後のディヴァインと共通すること

③シリーズ・キャラクターが確立しており（ここはディヴァインと違う長所です）、しかも感情移入が可能な生身感あふれる人物達であること

④ストーリー・テリングは、イギリスらしいウェットな筆調で内省的であり、特に後期の作品では、会話形式をとることなく、登場人物の意識の流れを、イタリック体（今回の翻訳では『　』で表示されている）で文中説明するなど、心理的特殊技法に秀でていること、

⑤陰惨なテーマや事件を描きながら、最後には謎解きミステリとしてのカタルシスが得られ、読後感もさわやかなこと。

③についてもう少し詳しく紹介する。保険調査員のジョン・パイパーと新聞記者のクインの御両人

であるが、事件は、彼らが調査や取材の過程で巻き込まれた人間関係にまつわるものとなる。しっかり者で理知的なパイパーとやや無鉄砲で情緒的なクイン（大酒飲みのヘビースモーカーでもある）のコンビは、三十年近くの月日を重ねる中で、その関係を変化させつつ別れるに別れられない臭い仲（変な意味ではありません）になっていく。特に後期の作品では、二人の関係自体がサブテーマとしてうまく機能している場合が多く、本作においても、パイパーの再婚により疎遠になって、頑なな態度をとり続けるクインが、実はパイパーの妻からの招待の電話を待ち受けている様子が描かれるなど、人間味あふれる描写が続く。

4．本作について（以下の記述では、本作のトリックや結末について明らかにすることは全くありませんので、安心してお読みください。ただし、内容も希薄です……）

本作は、これまでにあげつらってきた、この作家の特色と魅力が溢れた傑作である。どうか自分の眼でしっかり読んで驚きを体感していただきたい。盲点を活かしたシンプルなトリックと終盤に展開される行ったり来たり感（複数の解決が可能となるプロット作りが実践されているわけです）、そして、最後に明かされる衝撃の真相と、まさに訳者の藤盛氏が述べられているとおり、一気に最後まで読まされる理想的な作品である。ご参考までに、前述の Barzun & Taylor が *A Catalogue of Crime* において本作をどのように評しているか紹介する。

ジョン・パイパーの旧友であるクインは、しがない犯罪記者であるが、ある知人が飲酒中に起こした交通死亡事故に、何の落ち度もなく巻き込まれる。第二の死の訪れにより殺人の容疑者となった旧友を救うべく、パイパーは保険調査員として登場する。徐々に明かされるプロットはエクセレントであり、手がかりも同様である。イタリック体で示される個人の内省描写を取り入れたことは、会話形式による繰り返しを避けるための良い工夫である。カーマイケルは、長い道のりを歩んで、遂にこのジャンルにおける大家に到達した。（引用者訳）

〔訳者〕
藤盛千夏（ふじもり・ちか）
小樽商科大学商学部卒。銀行勤務などを経て、インターカレッジ札幌にて翻訳を学ぶ。訳書に『殺意が芽生えるとき』(論創社)。札幌市在住。

リモート・コントロール
——論創海外ミステリ 151

2015 年 7 月 25 日　初版第 1 刷印刷
2015 年 7 月 30 日　初版第 1 刷発行

著　者　ハリー・カーマイケル
訳　者　藤盛千夏
装　画　佐久間真人
装　丁　宗利淳一
発行所　論 創 社
〒101-0051 東京都千代田区神田神保町 2-23 北井ビル
電話 03-3264-5254　振替口座 00160-1-155266

印刷・製本　中央精版印刷
組版　フレックスアート

ISBN978-4-8460-1450-6
落丁・乱丁本はお取り替えいたします